Los mejores peores días de Bruno Ucelay

Los mejores peores días de Bruno Ucelay

Àlex Maruny

Duomo ediciones

Maquetación y adaptación de cubierta: Endoradisseny

ISBN: 978-84-18128-08-0
Código IBIC: YF
DL B 25.716-2019

Primera edición: mayo de 2020
Duomo ediciones es un sello de Antonio Vallardi Editore S.u.r.l.
www.duomoediciones.com

Gruppo Editoriale Mauri Spagnol S.p.A.
www.maurispagnol.it

Impresión: Grafica Veneta S.p.A. di Trebaseleghe (PD)
Impreso en Italia

A Bruno, a Alan y a Gaëlle. Gracias.

VERANO 2000

1

No tienen piedad. Ya ha sido un curso suficientemente largo y difícil como para que ahora, cuando llega lo mejor, me manden al extranjero. ¿Qué he hecho yo para merecerme esto? De lo enfadado que estoy no puedo ni siquiera mirarlos a los ojos. Bajamos del coche. Doy un portazo.

—¡Si no me queréis en casa, dejad al menos que me quede con Cris, por favor! —les ruego por enésima vez.

—Ya lo hemos hablado. Te podrás ir con él cuando vuelvas —contesta mamá.

—Pero... ¿qué es lo que he hecho mal?

—Nada, pero te irá bien pasar unas semanas fuera.

Harás nuevos amigos y aprenderás inglés —responde papá.

—A ver si os enteráis de una vez: ¡no necesito más amigos y ya hablo un poco de inglés!

—¡Basta ya! Tu padre y yo hemos hecho un esfuerzo para que puedas vivir esta experiencia. Deja de ser tan desagradecido.

Desagradecido, lo que me faltaba. Me quedo callado tratando de contener la rabia. ¿Por qué todo el mundo se cree con el derecho de dirigir mi vida? ¿Acaso mi opinión no cuenta?

—Adiós —sentencio.

Cojo la maleta y empiezo a caminar hacia la terminal. Intento hacerlo de la manera más dramática posible. Quizás así se sientan un poco culpables y acaben cediendo.

—¡Bruno! —grita papá, desde la lejanía.

Me giro, tímido, con la esperanza de que mi chantaje haya funcionado. De que se hayan dado cuenta de que ya tengo una edad, de que no pueden seguir decidiendo por mí.

—¡Te queremos! —me dicen los dos.

Ya empezamos. No hay manera de que me tomen en serio.

—¡TE QUEREMOS, HIJO! —repiten, esta vez más fuerte, para que todo el mundo lo escuche.

Mamá empieza a bailar mientras me dice adiós con la mano. Papá la imita. Odio cuando hacen eso. Les encanta dejarme en evidencia. Lo hacen porque saben que me da mucha vergüenza ajena. Se agarran de las manos y empieza el *show*, no sé si se creen que están en *Grease* o qué. Menudo bochorno. ¡Que les den! Entonces me hago una promesa: no van a saber absolutamente nada de mí en tres semanas.

***

Llego corriendo al control de seguridad, huyendo de *Grease*, de mis padres, del ridículo. Paso por el detector de metales.

¡Piiip, piiip, piiip!

—El cinturón —me advierte el guardia.

Vuelvo atrás, me lo quito, lo dejo en una bandeja y paso otra vez. De nuevo ese maldito ruido.

¡Piiip, piiip piiip!

—Joder…

De repente, me invade una horrible sensación de culpabilidad. Como cuando voy a una tienda, no compro nada y al salir actúo como si fuera gilipollas, haciendo entender a los dependientes que no he robado nada y que solo he entrado a dar una vuelta. A saber qué es lo que me ha pasado, qué clase de trauma infantil arrastro, como para tener que sentirme así en estas ocasiones.

—Ponte aquí —me dice el guardia.

Me cachea mientras me mira fijamente a los ojos, buscando un destello de duda o debilidad, pero…

—Pasa.

Entonces, activo mi plan malvado.

—Voy a volar este aeropuerto —le digo, sin pestañear.

—¿Cómo?

—Lo que oyes. Vais a morir todos.

Saco el detonador que llevo escondido en los calzoncillos. El guardia, al verlo, desenfunda su pistola y grita:

—¡Tiene una bomba! ¡Tiene una puta bomba!

Todo el mundo se echa a correr, provocando el caos. Pero no tienen escapatoria. En pocos segundos voy a volarlo todo por los aires. Será épico. Me convertiré en el protagonista de los titulares del año. *El chico bomba* me van a llamar. Miles de psicólogos estudiarán mi caso y llegarán a una única conclusión: la culpa de todo fue de los padres. Quisieron mandarle al extranjero sin tener en cuenta su opinión. Entonces, claro, a mis padres no les quedará otra que comprender por fin la dimensión de su error.

—*Show time!*—grito, a pleno pulmón.

Aprieto el botón del detonador y…

—¡Pasa! —me repite el guardia despertándome de mi bonita ensoñación.

Joder, menudo ansias. No respetan ya ni el derecho a quedarse embobado.

***

Es uno de esos aviones *low-cost* en el que todo cuesta dinero: espacio extra entre asiento y asiento, la comida, el embarque prioritario. Un día de estos cobrarán incluso por ir al baño. Por respirar. Resignado, en mi asiento minúsculo, intento ponerme lo más cómodo posible. Justo cuando se me está pasando el cabreo, se sienta a mi lado un viejo gordo que ocupa un montón de espacio. Tanto, que tengo que apretujarme contra la ventanilla.

—Perdone, ¿le importa si…? —le digo.

—¿QUÉ QUIERES, NIÑATO?

Mejor me callo. Nunca se me ha dado bien esto de defender mi integridad. Siempre he pensado que es mejor conformarse y dejar que las cosas pasen. Aunque, en este caso, es inevitable que me vuelva el cabreo, y, además, con mucha más intensidad que antes.

Mi madre diría que ha sido mi mala energía la que ha atraído a este señor. Según ella, el universo devuelve a las personas aquello que proyectan. A mí me parece que eso es, en realidad, una forma cruel de culpabilizar a la gente por su mala suerte.

Con gran esfuerzo, saco el *discman* de la mochila, desenredo los auriculares lo suficiente como para poder ponérmelos y le doy al *play*. Escucho el último disco de *Zero-K*. Los descubrí gracias a Cris, mi mejor amigo, que es su fan número uno. En septiembre iremos a uno de sus conciertos en Barcelona y antes quiero aprenderme todas sus canciones. Será una noche inolvidable.

Sientes tu vida un día vacía.
Andando por las calles no tienes salida.
Nacer, crecer, estudiar y trabajar.
¡Son las cuatro cosas que tienes que alcanzar!

La gente se termina de acomodar en sus asientos. La tripulación nos indica qué hacer en caso de emergencia: chalecos salvavidas, máscaras de oxígeno... Me enerva esta pantomima: todos sabemos que, si el avión se desplomase, no sobreviviríamos. ¿Sirve de algo un salvavidas cuando te estás precipitando al vacío? ¿Alguien piensa que eso va a parar el golpe? Vamos. Y si fuera el caso, si tuviéramos la suerte de seguir con vida, seguro que seríamos devorados por el mastodonte maleducado que tengo al lado mientras esperásemos a que nos rescatasen.

En fin, despegamos y cierro los ojos. Solo quiero no pensar, dejarme llevar por la música. Deseo con todas mis fuerzas que, cuando los abra, haya pasado el tiempo, y no solo me refiero al trayecto del avión. Lo que quiero realmente es despertarme y estar de vuelta ya, con Cris, en la playa.

Pero no, claro. Me quedo dormido y, cuando despierto, ya hemos llegado y hay que salir rápido del avión, muy rápido, como si huyéramos de un desastre nuclear. Todo el mundo parece tener muchísima prisa menos yo, que retraso al máximo el momento de abandonar el aparato y la consiguiente posibilidad de regresar a Barcelona.

Cuando salgo por la puerta de llegadas, hay un montón de gente esperando. Me hacen sentir observado. Siempre he pensado que eso es lo que deben sentir las estrellas del cine cuando sus fans los reciben en los aeropuertos. Ando rápido, mirando al suelo, como hacen ellos. Solo me faltan las gafas de sol.

A unos metros, un chico de unos veintipocos sujeta un cartelito con mi nombre. Establecemos contacto visual.

—¿Bruno Ucelay? —me pregunta.

—Sí.

—Bienvenido. Soy Michael, tu tutor. Acompáñame.

¿No es un poco joven para ser mi tutor? Igualmente, lo sigo. El aeropuerto está mucho más concurrido que el de Barcelona. Me es difícil no tropezarme con la gente. Michael, en cambio, se mueve como pez en el agua. Seguramente es porque se conoce de memoria el lugar, pero también por su altura y su delgadez. La verdad es que, así, de primeras, me mola su rollo. Tiene el pelo largo y rubio, pero no de bote, y viste bien. Podría ser, me digo, el cantante de un grupo de *indie-rock*.

—¿Es tu primera vez en Dublín?

—Ajá.

—¡Te va a encantar! Ya verás.

Espero y deseo que tenga razón. Caminamos hasta una furgoneta negra con los cristales tintados. Vuelvo a tener esa misma sensación de estrella de cine. No puedo evitarlo. ¿Será que tengo delirios de grandeza? Michael abre la puerta de atrás y me subo.

—¿Te vas a sentar aquí?

—Sí... ¿No? —pregunto extrañado, absorto en mi propia fantasía de la fama.

—Solo te abría la puerta para que dejaras la maleta.

¿Dónde tengo la puta cabeza? Es mi tutor, no un taxista, joder. Inmediatamente, salto al asiento de adelante.

—¿Vas a conducir tú? —me suelta.

Me fijo en que tengo el volante justo... ¿Está al revés?

—Discúlpame.

Ahora salto al asiento de al lado. Madre mía, qué puto lío. ¿Son así los coches aquí? Había olvidado por completo que en este país se conduce por el lado izquierdo. Michael se sube poniendo cara de «Este no se entera de nada», cosa que me hace sentir un poco ridículo.

—¿Cuántos años tienes?

—Diecisiete.

—Uy…

—Uy, ¿qué?

—Te lo vas a pasar en grande.

—Seguro que sí… —respondo sin demasiada convicción.

Nos adentramos en la ciudad. Dublín es una amalgama de calles oscuras salpicadas por un alumbrado pobre, o, al menos, la zona por la que estamos pasando. Michael conduce rápido.

—La ciudad mola mucho. Mira, si fuéramos varios kilómetros hacia la derecha llegaríamos al Trinity College, supongo que has oído hablar de él... Y no puedes perderte el parque Phoenix, la catedral de Saint Patrick… O los puentes que hay sobre el río Liffey… Y los *pubs*, claro. Eso sí que no te lo puedes perder.

Asiento, pero ha oscurecido y me cuesta hacerme una idea de dónde estoy. Ni Trinity College ni parque ni puentes. ¿Y si todo fuera una broma macabra que me están gastando mis padres y aún sigo en

Barcelona? Humm… No tienen tanto dinero como para… ¿Y si se han aliado con un programa de televisión? Imagino la vergüenza de una cámara oculta que me sigue a todos lados. Mis padres viéndolo todo.

—La familia te va a flipar. Tienen muchas ganas de conocerte. Son unos irlandeses auténticos. ¡No hablan ni una gota de castellano! Mañana pasarás el día con ellos, así tendrás tiempo de conocerlos bien y de adaptarte. Pero, tranquilo, el lunes ya comienzas con las clases.

Entonces me empieza a dar detalles sobre el barrio en el que estaré, sobre los horarios de los autobuses, sobre… Pero me pierdo en un eterno blablablá sin ser capaz de retener nada.

Ya me estoy agobiando.

—Hablas muy bien el castellano —le digo intentando cambiar de tema.

—¡Gracias! Tú también.

Se ríe. Humor inglés, supongo.

—Estuve viviendo dos años en Madrid por un Erasmus —añade.

—¿Y eso?

—Me fui a estudiar Periodismo.

—Anda, ¿y por qué allí?

Se arremanga la camisa, dejando ver unos cuantos tatuajes. Me señala un corazón desgastado de estilo carcelario con un nombre escrito en su interior.

—El amor, ya sabes.

No, no lo sé. Pero tampoco lo digo.

—¿Y qué tal fue?

—Al principio, bien. Luego, mi novia me dejó y fue un poco drama. Pero me sirvió para darme cuenta de lo que realmente quería hacer con mi vida.

—¿Y qué era?

—Música.

—Guau.

—¿Quieres que te ponga un tema mío?

—Pues claro.

El tío le da al *play* del radiocasete del coche. La grabación está hecha en un bar o algo por el estilo porque se escucha muchísimo alboroto. Casi no se distinguen ni las melodías. Es un poco molesto.

—¿Te gusta?

—Me flipa.

Nos pasamos los siguientes veinte minutos escuchando ese ruido horrible. Mientras tanto, imagino otros posibles relatos que me convenzan de que todo esto no está pasando de verdad. Quizás el avión se ha estrellado, me han inducido en un coma y estoy teniendo una pesadilla. Humm... Poco probable. Lo que más me convence es lo del programa de televisión, y aun así...

—Ya llegamos.

Reducimos la marcha. Entramos en una urbanización llena de casas adosadas, todas muy similares, con sus jardines cuidados, sus buzones en la puerta de entrada. Rodeadas de parques, árboles enormes. De pronto, nos detenemos frente a lo que podría ser el número 4 de Privet Drive: una casa cuadrada, de ladrillo marrón, con tejados inclinados y un jardín delantero.

—Es aquí. Bonita, ¿verdad? —me dice Michael.

Bua, como me toque vivir con una familia como los Dursley me suicido. Me duele la barriga de los nervios. ¿Y si no nos entendemos? Mi inglés no es precisamente el mejor del mundo. A ver, que sé defenderme y eso, pero...

—Vamos —me dice Michael.

Bajamos de la furgoneta y nos dirigimos hacia la puerta de entrada. Michael llama al timbre. Nos quedamos callados, en silencio. Un silencio que hubiera agradecido hace un rato en la furgoneta, pero ahora… Se escuchan unos pasos acercarse al otro lado de la puerta y nos abre una mujer en pijama y con cara de sueño.

—*Hello* —nos dice.

—*Hello Katie. I'm Michael from…*

Y a partir de aquí ya me pierdo. Hablan muy, pero que muy rápido.

Calculo que Katie debe tener unos treinta y cinco años. Es pelirroja, de piel muy blanca y con unas pecas que le dan un aire juvenil. No conozco a nadie pelirrojo. Bueno, Cris una vez me dijo que estaba liado con una pelirroja, pero jamás llegó a presentármela, así que no cuenta.

—Vale, no te asustes. Dice que no te esperaban hoy —me informa Michael, avergonzado.

—¿Cómo?

—Que te esperaban mañana.

¿Esta es la parte en la que aparecen las cámaras y una presentadora con un ramo de flores?

—Lo siento muchísimo. Creo que la agencia no le pasó las fechas correctas —se excusa Michael.

—¿Y entonces? —pregunto, asustado.

—Dice que tu habitación está ocupada por una

pareja de alemanes que se van mañana y que tendrás que dormir en el sofá. ¿Te importa?

En serio, ¿dónde están las cámaras? No tiene gracia...

—Ningún problema —le contesto.

—Vale, pues nos vemos el lunes a las nueve de la mañana en la escuela. Ella te llevará.

—*Okay*. Gracias, Michael.

Michael se marcha y me doy cuenta de que, efectivamente, esta casa podría ser la de los Dursley. El suelo enmoquetado de un color verde oscuro, con manchas que denotan que hace tiempo que nadie se molesta en limpiarlas, unos marcos horteras que cuelgan de las paredes cubiertas de estampados florales. Una delicia. Nada más entrar, a mano izquierda, tocando la pared, una mesa de madera antigua sostiene un espejo enorme. Encima de la mesa hay una especie de cerdo carpa mutante de porcelana muy feo perfectamente alineado con una pequeña lámpara que da una luz muy tenue. Más allá de la mesa, donde no llega la luz de la lámpara, empieza un pasillo. A mano derecha, se encuentran las escaleras que suben, supongo, a la zona de habitaciones.

Sigo a Katie por el pasillo sin decir nada y tratando

de no hacer demasiado ruido con la maleta. Me fijo en las manchas del suelo enmoquetado. Algunas son de un tamaño realmente considerable y hacen aguas aclarándose en ciertas zonas. Las paredes del pasillo están recargadas de pinturas de naturalezas muertas, fotos enmarcadas y espejos de distintos tamaños.

Al final del pasillo hay tres puertas: una a la izquierda, otra enfrente y otra a la derecha. Esta última está abierta y da a un baño. Las otras dos están cerradas.

—*Here* —me dice Katie.

Abre la puerta de la izquierda y pasamos a un salón donde hay un sofá, una mesa de centro y una tele. Lo justo y necesario. Ella empieza a hablar, pero…

—*What? What?*

Lo repite varias veces, aunque me es imposible entenderla. ¿No puede hablar más lento? A ver, tranquilidad. Voy a seguir el método de Cris que, en las clases de inglés de la señorita Klein, se limita a responder con un «*Yes*» a todo. Acierta casi siempre.

—*Yes, yes!* —le contesto.

—*Okay.*

Y sale del salón. ¿Adónde va? Mientras espero a ver qué pasa, me siento en el sofá, abro la maleta y cojo el pijama y el libro de *Harry Potter*. Necesitaré mi dosis de lectura antes de ponerme a dormir. Además, quiero saber ya dónde está la maldita Cámara de los Secretos. ¿No pueden dejarlo en paz al pobre chaval? ¿No tiene ya suficiente con todo? Menudo aguante. A veces, creo que somos muy parecidos.

—*For you* —me dice Katie, reapareciendo con una manta.

Vaya, el método de Cris parece haber funcionado. Me irá perfecta.

—*Oh, thank you* —le respondo.

Entonces me acuerdo de que papá me dio un libro con fotografías de España para que se lo regalara como señal de agradecimiento por acogerme en su casa.

—*Stop, stop!*

Es lo primero que se me ocurre. Ella se queda de pie, quieta, sin entender qué estoy tramando y me observa hurgar entre las diferentes capas de la maleta. Lo revuelvo todo y, en el fondo, encuentro el libro, que está arrugadísimo. Se lo doy, bajando la cabeza, cual ofrenda samurái. Ella lo coge, agradecida, y empieza a ojearlo. Por cada fotografía que ve, exclama un «*Wow*» o abre los ojos fascinada dándome a entender que le encantaría visitar esos sitios.

—*Oh, look!*—exclama.

Señala una foto en la que se aprecia un puente oxidado y entonces, sobre la marcha, empiezo a fabular:

—*Beautiful*... Yo... *Me*... *My parents*... *House*... *There*—me invento.

No me suena de nada, pero ¿qué va a saber ella? Además, una mentirijilla para salir del paso no hace daño a nadie. A veces me ocurre: en situaciones aparentemente normales, me pongo nervioso y empiezo a divagar, a inventar cosas absurdas.

—*Really? In Andaluzzzzia?*

—*Yes, yes*...

Bua, menuda trola. En mi puñetera vida he estado en *Andaluzzzzia*. No he llegado ni siquiera a Murcia.

—*I love it.*

—*Yes, yes.*

Katie parece simpática y buena persona. No sé qué tipo de relación estableceremos, pero con esta comunicación tan fluida como la que estamos teniendo dudo mucho que sobrepasemos los límites de lo cordial.

De repente, como quien no quiere la cosa y sin decir nada, se marcha, cerrando la puerta a sus espaldas. Me quedo un poco a cuadros. ¿No estábamos viendo el libro? ¿Qué me he perdido? ¿Habré dicho algo que no tocaba? ¿Se habrá dado cuenta de la trola de *Andaluzzzzia*? En fin. Me siento raro aquí. Solo, teniendo que dormir en el sofá de una gente que no conozco. No le veo la gracia. Nunca me han dado la más mínima envidia las historias de todos esos que se van de mochileros, por ahí solos… Panda de maníacos. ¿Mis padres quieren convertirme en un maníaco? ¿Es ese su verdadero plan?

—¡Grrrrrrrghh! —rugen mis entrañas.

Mierda, un momento, ¿y la cena?

2

Por la mañana, temprano, me despierta el llanto de un bebé. No sé si me molesta más el hecho de que haya un bebé en la casa o la espalda, magullada por este maldito sofá. No me gustan los bebés. Son máquinas de comer, cagar y llorar. Son inútiles.

Cojo el teléfono móvil y veo dos llamadas de mis padres. Lo apago para que no me molesten más.

Me intento proteger del ruido infernal metiendo la cabeza debajo del cojín, pero no sirve de nada.

—¡Chist, chist!

Dos cabezas rubias se asoman por el marco de la puerta. Son un chico y una chica, de unos veintipocos. Tienen toda la pinta de ser los alemanes.

—*What?* —les pregunto.

—*Come.*

¿Qué es lo que…? Me levanto de un brinco y les sigo hasta la cocina, una especie de prolongación del pasillo. En el centro, una nevera llena de los típicos imanes de promociones que te regalan cuando encargas una *pizza*. En la encimera hay un fregadero y unos fogones en los que se apilan, entre ollas y sartenes usadas, platos sucios de hace días que ya no caben dentro. Me fijo en el pequeño horno que funciona a modo de armario para guardar ¿especias? Al fondo hay una mesa con dos sillas y una puertecita de cristal que da a un pequeño patio-jardín. Claro, el típico jardín trasero.

—*Hungry?* —me pregunta el chico.

—*Yes.*

Coge boles, un paquete de cereales y un brik de zumo de la nevera. ¡Cereales con zumo! Es, por ahora, el momento más feliz de mi estancia en Dublín.

Nos sentamos a desayunar. Me hablan, pero no entiendo ni una sola palabra de lo que dicen. Parecen los malos de las películas que ve mi madre los domingos por la tarde. A pesar de eso, creo que son buena gente.

Entra Katie con el bebé llorón en brazos.

—*Good morning* —dice.

—*Good morning* —contestamos los tres al unísono.

Qué mala cara tiene. No habrá descansado bien.

—*Would you h5%dfasdffuhjsfffy<@m”?* —me pregunta.

Mierda. Otra vez.

—*Yes, yes* —contesto. Estoy vendido.

—*Okay*.

Los alemanes se miran entre ellos, sorprendidos. ¿Qué ocurre? ¿A qué he dicho que sí?

Demasiado tarde porque Katie me dice que me vista y, casi sin darme cuenta, ya estoy sentado con ella y el bebé, que resulta que se llama Ivy, dentro del coche. Conduce rápido y con la música a todo volumen. Mejor, así no tengo ni que hablar. Detiene el coche frente a una iglesia.

Pero ¿qué hacemos aquí? ¿Turismo? ¿A estas horas?

—*Beautiful* —le digo.

Hace un ademán para que me baje del coche.

—*Bye!*

Bye? ¿Cómo que *bye*? Me doy la vuelta y…

—¡NO ME JODAS!

El coche se aleja y da un volantazo al final de la calle. ¡Me cago en Dios! Nunca mejor dicho… Queda comprobado que el método de Cris no funciona siempre. ¡Aaaahhh! ¿Qué hago?

Vale, Bruno, cálmate. Nadie deja a un chaval de diecisiete años por ahí tirado como a un perro. Katie volverá seguro. Es cuestión de tiempo, me digo intentando autoconvencerme.

Me siento en un banco a esperar. A mi alrededor, todo es increíblemente verde: árboles, arbustos, este césped que no conoce las calvas marrones de los parques de Barcelona. Es un paisaje residencial e idílico y, desde mi banco, solo, observo a la gente entrando en la iglesia. A diferencia de mí, se les ve muy felices y relajados. Nunca entenderé las razones de su devoción hacia algo que muy probablemente no exista. Fe, supongo. Aunque Cris siempre dice que los curas son todos unos violadores de niños. Eso me recuerda a las tardes que pasamos con el padre Narciso preparando la comunión, que no nos violaba, pero nos pegaba unos sermones horribles. Joder, lo que daría ahora por estar en una de sus clases.

—Aquí no viene nadie.

Al cabo de un buen rato, empiezo a caminar perdido, intentando recordar el trayecto que he hecho con el coche. No me suena nada de lo que veo. Seré gilipollas… Eso me pasa por andar siempre ensimismado en mis pensamientos. De repente, un todoterreno negro con los cristales tintados se detiene a mi lado. De él salen dos tipos encapuchados que…

—*Nooo! Stop, please!*

Me meten en el interior del vehículo. Uno de ellos me inmoviliza y me pone un cuchillo en el cuello. El otro saca un teléfono y llama.

—¿Señora? Tenemos a su hijo —dice en un perfecto castellano.

—¿Cómo? —Escucho decir a mi madre al otro lado del teléfono.

—Lo que oye. Ahora es nuestro.

—No le hagan nada, por favor. Tenemos dinero. Bueno, algo de dinero.

—¿Algo de dinero? —pregunta el tipo.

—A ver, más bien, poco dinero.

¿«Poco dinero»? ¡Será tacaña! ¿Van a rajarme el cuello y solo tiene «algo de dinero»? Mi vida es un fraude.

—No queremos ningún rescate —dice el tío.

—¿Qué quieren? —pregunta mi madre.

—Violarlo. Violarlo hasta que muera. Somos dos maníacos a los que nos gusta secuestrar a chavales y hacerles esto de vez en cuando.

Vale, *stop*. Se me está yendo la olla. Aunque estaría bien que me sucediese algo parecido con tal de que mis padres se sintieran mal. Por el momento, aunque intenten contactar conmigo, lo llevan claro. Sé que es muy infantil esto de estar enfadado con tus padres, pero me parece injusto que, después del año que me han hecho pasar, separándose cada dos por tres y metiéndome en medio de sus peleas, ahora que han decidido intentarlo otra vez, en serio, lo primero que hacen es mandarme fuera. ¿No somos una familia? ¿No tenemos que estar juntos en esto? Me voy enfadando cada vez más, pero, de golpe recuerdo que más me vale ocuparme de cómo narices regreso a casa.

Me golpeo la cabeza con el puño repetidas veces. En ocasiones, me es imposible no darme un poco de caña para así despertar las pocas neuronas que debo tener.

—*Stop, stop!* —me dice alguien, agarrándome del brazo.

Me detengo en seco, me giro y…

—¡Si Dios existiera, sería alemán! Qué alegría verlos.

Siento el impulso de arrojarme en sus brazos, pero me contengo. Una sensación de alivio mezclada con vergüenza invade mi cuerpo. Debería aprender a controlar estas situaciones.

***

La puerta del salón está entreabierta y observo a un tío tirado en el sofá viendo un partido de fútbol. Diría que ronda los cuarenta. Tiene el pelo teñido de rubio pollo y va lleno de tatuajes. Fuma con una mano y bebe cerveza con la otra. Parece un *hooligan* de esos que salen en las noticias. Impone bastante, la verdad.

El volumen está tan alto que ni se ha dado cuenta de que estamos allí. No entramos. Mejor, mucho mejor.

—*Come* —me dice la chica.

Subimos al piso de arriba y nos detenemos en el rellano, en el que hay cuatro puertas cerradas. Entramos en la que queda más cerca de las escaleras, que resulta ser la habitación donde pasaré las próximas semanas. Es tan pequeña que, con los alemanes dentro, tengo que quedarme fuera. Tiene lo básico: una cama individual, un armario que desprende un olor rancio, una mesita de noche y una ventana sin persiana que da al exterior. Las paredes son de color rosa salmón y huele francamente mal, una mezcla a humedad y naftalina. Podría ser perfectamente una imitación del dormitorio de mi abuela, pero sin su calidez y su alma.

El chico saca una Pantera Rosa de debajo de la cama y me la da. No tiene muy buen aspecto, pero...

—*Thank you*—le digo.

Me siento en el suelo a disfrutar del manjar mientras los observo recoger sus cosas. Me gustaría que se quedaran unos días más. De ser así, no me importaría seguir durmiendo en el sofá. Mierda, la Pantera Rosa sabe muy rara. Está caducada seguro. Me recuerda al huevo podrido que me comí una vez en clase de Ciencias, solo que esta vez no gano ninguna apuesta.

De golpe, la puerta de enfrente se abre y del interior de la habitación sale una chica envuelta en una toalla.

—*Hey*—me dice, seria.

—Hola, *hey*.

Es algo mayor que yo. Bajita y flacucha, tiene el pelo teñido de naranja como la chica de *El quinto elemento*, la piel muy blanquita y los ojos… ¡Guau! Los ojos son de un color marrón miel imposible. Es guapísima.

—*Spanish?* —me pregunta.

—Eh… *Yes*.

Vale, mierda. Debería escupir la Pantera Rosa como sea.

—*I'm French*, pero hablo castellano —me dice, con un acento francés precioso.

—¡Oh, qué bien!

—Mi madre es de Barcelona.

—¡Yo soy de Barcelona!

—Ah, ¿sí?

—¿Has estado alguna vez?

—Sí, pero hace muchos años que no voy.

Me viene una arcada acompañada de un líquido ácido muy desagradable. Creo que mi estómago se está preparando para vomitar.

—Me llamo Gaëlle. ¿Y tú?

¡Ostras, qué nombre más bonito! Es de protagonista de peli romántica que flipas. Pero, en serio, no creo que pueda aguantar la Pantera Rosa mucho más en mi boca.

—Bruno… —le digo, con dificultad.

Necesito que se vaya. Ya hablaremos en otra ocasión.

—¿Cuánto tiempo estarás por aquí? —me pregunta.

¡A la mierda! Cojo el envoltorio y la escupo. Tanto ella como los alemanes, se quedan petrificados al ver tal asquerosidad. En tan solo un segundo he pasado de ser una persona normal a ser un marrano que escupe comida. Mis posibilidades de hacerme su amigo se han reducido un mil por ciento. ¡Aaahhh! Quiero que se abra un agujero en el suelo y se me trague hasta el centro de la Tierra, donde está el magma y esas cosas. ¿Por qué tengo tanta mala suerte? Es lo único en lo que puedo pensar mientras acompaño a los alemanes hasta el exterior. Un taxi ha venido a recogerlos. Mientras cargan sus maletas, la chica saca una cajetilla de tabaco de uno de los bolsillos de su chaqueta.

—*This is for you. We cannot get it on the plane.*

—*Why not?* —le contesto, ingenuo.

—*Look inside* —me dice.

Abro la cajetilla y…

—*Weed?!*

—Chissst.

—*What am I going to do with this?*

—*That's not my business* —me dice, guiñándome un ojo.

Me la guardo rápidamente dentro de los calzoncillos, como hacen los traficantes en las pelis. No vaya a ser que el taxista sea un poli de incógnito y la liemos.

—*Good bye, kid. Take care, okay?*

—*Okay.*

Suben al coche, el motor arranca y se van. Así, sin más. La perspectiva de compartir un poco más de tiempo con ellos me había animado. Ahora me siento incluso más solo que antes. Sin planes, sin nada que hacer. Joder, no han pasado ni cinco segundos que ya los echo de menos. ¿Qué me está pasando? ¿Por qué estoy así de sensible? En fin, será mejor que entre en casa y recupere mis cosas del… ¡Nooo! ¿Cómo me lo voy a montar con el *hooligan* ahí dentro? Buf, no son ni las cinco de la tarde y ya estoy agotado. ¿Qué hago? ¿Le propongo a Gaëlle algo? No quiero quedarme aquí.

Me agobia, de repente, esta sensación de vacío. De no saber qué hacer.

Entonces veo que Gaëlle, como si pudiera adivinar todo este torrente de pensamientos atropellados y quisiera huir de ellos, sale de la casa a toda prisa y, sin ni siquiera establecer contacto visual conmigo, empieza a andar calle abajo. Creo que no me queda otra que subir a la habitación y esperar hasta mañana.

Encerrado en el cuarto, me tumbo en la cama y cojo el móvil para llamar a Cris. Lo intento una y otra vez, pero no sé qué ocurre que no me da señal. Lo que me faltaba. Pienso en el teléfono que he visto en el rellano y se me pasa por la cabeza la posibilidad de hacer una llamada a cobro revertido a la casa de la playa de Cris. Pero ¿y si cogen el teléfono sus padres?

Paso. Desecho pronto la idea.

Qué solo y atrapado me siento, joder. Aunque quizás, me digo tratando de ser positivo, en la escuela se animen las cosas.

O puede que no y este será recordado como el peor verano de mi vida.

Y todo por culpa de mis padres.

3

Mientras me ducho, pienso en el día que me espera. Estoy acojonado. No se me da bien lo de socializar y hacer nuevos amigos. De eso se ha encargado siempre Cris, que tiene una seguridad y un carisma brutales. Sabe camelarse a todo el mundo. Yo simplemente le sigo la corriente y ya está. Recuerdo una noche que salimos por Barcelona y vimos a unas guiris fumando en la puerta de un bar. Tenían unos cuantos años más que nosotros. A la que me despisté, ya les había pedido dos cigarros. Uno para él y otro para mí. Nos quedamos hablando con ellas hasta que nos los acabamos. Bueno, para ser más exactos, él hablaba mientras yo me pillaba el mareo de mi vida, pero qué fácil fue todo. Hoy estoy aquí solo y no sé cómo me manejaré.

Ni siquiera tengo hambre para desayunar, así que me tomo un café rápido y espero a Katie sentado en las escaleras, justo delante de la entrada. De momento, no ha dado señales de vida y una parte de mí se alegra. Cuanto más tarde llegue a las clases, menos tiempo tendré que pasar en ellas. Aunque tampoco es que me haga mucha ilusión quedarme en casa. En fin: siempre tan contradictorio.

Gaëlle baja las escaleras. Me echo para un lado e intento pasar desapercibido, no vaya a ser que aún me quede algún trocito de la Pantera Rosa entre los dientes y me dé por vomitárselo sin querer.

—Vamos —me dice.

—¿Adónde?

—Al colegio.

Salimos de casa. La sigo por la calle a toda prisa hasta un autobús que espera en su parada.

—Tienes que comprar un billete mensual —me informa Gaëlle, subiendo al autobús.

—¿Cómo lo hago?

Con un movimiento brusco, impaciente, me coge la cartera de las manos, saca un billete anaranjado y se lo entrega al conductor, que nos observa impasible.

—*One monthly ticket, please* —le dice ella.

El conductor le devuelve una especie de cartulina rectangular con letras doradas. Es lo más parecido a un billete para el Hogwarts Express que he visto nunca. Me flipa.

—No lo pierdas —me dice ella.

—Lo voy a guardar para siempre.

—Tampoco hace falta —responde irónica.

Nos dirigimos a la parte trasera del autobús. No hay casi nadie. Solo una pareja de ancianos y ya está. Al sentarnos, dejamos un asiento vacío entre nosotros para nuestras mochilas. Gaëlle, sin mediar palabra, saca una libreta y unos bolígrafos de colores y se pone a dibujar en ella.

—¿Qué dibujas? —le pregunto, intentado iniciar una conversación.

Pero ni se inmuta. Está concentradísima. O simula estarlo con tal de no tener que hablar conmigo, que también es posible. La observo. Hay algo en ella que me genera fascinación y rechazo a la vez, pero no detecto de qué se trata. Creo que va más allá de lo físico.

—Deja de mirarme fijamente, por favor. Me incomoda —me dice, sin levantar la mirada de su libreta.

—Oh, perdón.

Saco el *discman* y escucho música hasta que llegamos al colegio. El camino que conduce a la entrada principal es imponente. Está bordeado de jardines. Veo a gente gritando, riendo y abrazándose. Parece el primer día de clase. Da un poco de asco.

—¿La gente no tiene otra cosa que hacer? ¿No pueden irse a la playa? —le pregunto a Gaëlle cuando bajamos del autobús. Pero ni siquiera me contesta.

Vamos andando en silencio hasta llegar al lugar donde se encuentra Michael, que está hablando con tres chinos con cara de turistas perdidos.

—*Thank you,* Gaëlle —le dice Michael.

Pero ella sigue a su rollo y se adentra en el colegio, un edificio de ladrillo antiguo engullido por unas plantas enredaderas enormes del estilo *Jumanji* y unas ventanas cuadradas pequeñas de color blanco. Dos setos enormes flanquean la entrada.

—¿Qué tal ha ido el fin de semana? —me pregunta Michael.

—Los he tenido mejores. Ayer me pasé la tar...

—Bueno, los primeros días no son fáciles para nadie. Ya verás como dentro de poco no te querrás ir —me corta él.

Sí, claro, me digo.

—Hoy haréis una prueba de nivel —me anuncia, como restándole importancia.

—¿Un examen?

—No te preocupes. Es más bien un test para saber dónde ubicaros. Después, podréis ir a la cantina a comer para conoceros un poco.

Asiento con la cabeza, fastidiado. Empezamos bien.

***

A los pocos minutos, me veo en medio de un aula repleta de gente, esperando a que me entreguen un folio.

Tictac, tictac…

Tengo que contestar cuarenta y cinco preguntas tipo test en un máximo de dos horas. Todos están muy concentrados. Bueno, menos los chinos de antes, que siguen con la misma cara de perdidos. Me da a mí que nos van a poner en el mismo grupo. Seremos amigos, supongo.

Tictac, tictac…

Michael está sentado en la mesa del profesor, leyendo el periódico. Eso mola. En mi instituto, cuando hay examen, los profesores se pasean por el aula como si fueran policías para evitar que nadie copie. Aunque Cris siempre encuentra la manera de hacerlo y que no lo pillen. Dice que lo de copiar es un oficio claramente infravalorado. Es, en realidad, un arte, suele añadir. Está como una cabra.

Tictac, tictac...

Voy contestando las preguntas que me sé. No son muchas, pero bueno, qué le vamos a hacer. Nunca he sido un as ni en mi lengua, como para serlo en inglés.

—*Excuse me, can I borrow you a pen? Mine is not working* —me dice la chica que tengo sentada enfrente.

Por su acento diría que es italiana y, más que guapísima, es espectacular. Parece una modelo de esas que salen en las revistas de moda que le llegan a mi madre cada cierto tiempo. Benditas sean esas revistas.

—*Yes* —le digo, pasándole mi estuche entero.

—*Thank you.*

Me regala una sonrisa amable. Se la devuelvo. Y entonces...

—*Oh my God!* —exclama ella, horrorizada.

—¿Qué pasa?

De repente, noto como me… ¡No, un moco ahora no! Me tapo la nariz con una mano, mientras busco un pañuelo con la otra. Entonces veo la hoja del examen llena de sangre. Parece la prueba de un crimen de esos locos que salen en los programas que echan a partir de la medianoche en la tele.

—Pero ¿qué…?

Empiezo a marearme. Me aprieto las fosas nasales y, disimuladamente, echo la cabeza hacia atrás. ¡Como si eso se pudiera disimular! La gente empieza a mirarme y a cuchichear.

—Bruno, ¿te pasa algo? —me pregunta Michael.

—¿Que si me pasa algo? Me pasa que me estoy desangrando y quiero irme a mi casa. Bueno, a mi casa no, que están mis padres. Quiero irme a la playa con Cris, el único ser que parece que me entiende en este mundo injusto y cruel —susurro a toda velocidad.

—¿Cómo dices?

—¡Necesito un pañuelo!

Todo se funde a negro.

Las enfermerías en Dublín son iguales que las de Barcelona. Las camillas no están al revés ni nada por el estilo. Me han metido dos churros de papel por la nariz, me han tumbado en una camilla y me han dicho que no me moviera. La verdad es que me encuentro fatal. Todo me da vueltas. No quiero imaginar la de litros de sangre que habré perdido. La sangre y yo nunca hemos sido muy amigos. Cada vez que la veo, aunque sea en la tele, me viene un escalofrío muy desagradable y me mareo. Es como una especie de calambre que me sube por la espalda, desde el culo hasta la cabeza.

No mola nada.

Oigo el murmullo de la gente saliendo de clase. De hecho, pasan por delante de la enfermería. Seguro que van a la cantina a comer. ¡Vaya cagada! Una oportunidad que tenía de hacer amigos. Pruebo a incorporarme, pero nada más levantar la cabeza me viene un bajón superchungo.

—Bruno, no estás bien —me digo a mí mismo.

Como siga así, voy pasarme las próximas semanas solo. Voy a convertirme en una especie de ser invisible que deambula por los pasillos sin que nadie se inmute. ¡Ahhh! Jamás pensé que podría echar tanto de menos a mis amigos. Si Cris estuviera aquí, ya seríamos los reyes del mambo. ¡Todo sería tan fácil!

El móvil vibra. ¡Bzzz, bzzz, bzzz! Deseo con todas mis fuerzas que sea Cris.

Ahora, más que nunca, puedo decir que tenemos un poder psíquico especial que nos conecta con los demás cuando más lo necesitamos. Pero no es Cris. Me llega un mensaje de mi madre:

«Q tl el primer día d clase?».

Me niego a contestar. No se lo merece. Aunque, ya puestos, podría escribir a Cris y esto es lo que finalmente hago:

«Sto s una mierda. Q gnas de vlver. Q tl tu?».

Me quedo con el teléfono en la mano, esperando su respuesta. Otra vez, sintiéndome más solo que la una.

4

Los resultados de las pruebas de nivel cuelgan de la pared de la entrada.

—Bruno Ucelay, Bruno Uce… Aquí.

Como era de esperar, me han asignado el nivel más bajo. No me extraña, la verdad. Dejé la prueba a medias. Aunque, tal y como están las cosas, me da absolutamente igual. Paso de todo.

—¡Bruno! —me grita una voz ya familiar desde el fondo del pasillo.

Michael se acerca a paso ligero.

—Te estaba buscando. ¿Qué tal la nariz? ¿Mejor?

—Sí. Todo va bien —le contesto, con el mismo tono frío de siempre.

Creo que estoy siendo un poco duro con él. No puedo evitarlo. Es como si fuera una especie de reflejo de mis padres.

—Toma, para ti.

Me entrega una llave. De ella cuelga un llavero con el número 713 grabado. 713… ¿De qué me suena este número? ¡Oh, la cámara de Gringotts donde Dumbledore guarda la Piedra Filosofal! ¿Qué tipo de señal es esta? ¿Va a mejorar la situación?

—Es la llave de tu taquilla. Puedes guardar tus cosas allí. Así no vas cargando con ellas todo el día.

—Muchas gracias, Michael —le digo, tratando ahora de ser más simpático.

Sonríe, agradecido.

¡Riiing!

—¡Llegas tarde! —me advierte.

—¿Qué clase es?

—La 203.

—¿Y dónde está? —le pregunto, desubicado.

—Al fondo del pasillo.

Y echo a correr como un loco hasta llegar a un aula en la que las mesas están colocadas en forma de «U». Somos muy pocos alumnos. Entre ellos, los chinos de ayer.

—Lo sabía —susurro.

Nada más sentarme en la primera silla que encuentro, entra una señora mayor con una pila de papeles en la mano para pasar lista. Después, desenrolla la pizarra del techo. Por sorpresa, aparece una gran polla dibujada con un mensaje de bienvenida: *WELCOME NEW STUDENTS*. Todos nos echamos a reír a carcajada limpia.

—*OH MY GOD!* —grita la señora.

Intenta borrar el dibujo, pero no puede. Está hecho con permanente blanco.

—*Who did this?!* —nos pregunta, buscando algún indicio de culpabilidad.

Uno de los alumnos parece reírse un poco más que los demás. Es un chico de mi edad, negro, y con el pelo teñido de rubio platino. Viste una gorra plana y una camisa con un estampado de palmeras muy guay. Siempre he pensado que estas camisas hay que saber llevarlas. Tengo una de mi padre en Barcelona, pero nunca me he atrevido a ponérmela para salir a la calle. Creo que llamaría demasiado la atención.

—*Alan! Did you do this?* —le pregunta la profesora.

—*It's important to welcome the new students* —contesta el chico, muy pícaro.

—*You are cleaning this after class!*

—*Okay, no problem.*

—*This is not good!* —insiste la señora.

—*Sorry. It was just a prank.*

La profesora sigue gritando como una loca. Cuanto más lo hace, más nos reímos todos. Es como un bucle infinito que alguien tiene que parar o todos moriremos de la risa. Entre tanto alboroto, el chico me mira y me guiña un ojo.

—Soy Alan.

Un momento, ¿es español?

—Yo, Bruno.

—Encantado, tío.

Cuando finaliza la clase, me quedo sentado, esperando a que Alan termine de limpiar su obra de arte.

—Gracias —le digo.

—¿Por qué?

—Ha sido una buena forma de romper el hielo.

—De nada, entonces. Para servirte.

Desprende seguridad, pero no chulería.

—¿De dónde eres? —le pregunto.

—De Córdoba.

¡Anda! Es la primera persona de Córdoba que conozco.

—¿Es tu primer año aquí? —me pregunta.

—Sí.

—¿Y cómo lo llevas?

—No lo sé.

El subtexto de este «No lo sé» vendría a ser algo tipo: «La verdad es que fatal; nada tiene sentido; quiero llorar».

—Ya.

Me mira fijamente a los ojos. Sonríe.

—Ven —me dice, cogiendo sus cosas.

—¿Adónde?

—Tú, ven.

Miro la pizarra. Todavía queda parte del dibujo por limpiar.

—¿Y esto? —le pregunto.

—Queda bonito. Vamos.

Salimos de la clase. Avanzamos por el pasillo, giramos a la izquierda, luego a la derecha…

—Mi taquilla —exclamo, al verla.

—¿Cuál es?

—Esa de ahí —le digo, señalándola.

—Anda, al lado de la mía. Yo que tú dejaría tus cosas en ella, así vas más ligero.

Le hago caso.

—Te mueves como pez en el agua —le digo.

—Es mi tercer año aquí.

Joder. Y yo me quejo.

—Seguimos —me dice, bajando unas escaleras.

—Pero ¿adónde vamos?

—Quiero enseñarte cómo funciona este colegio.

Un grupo de chicos y chicas cuelgan un cartel enorme y colorido en una pared: *HAWAIIAN PARTY, JULY 31st*.

—Los franceses siempre están organizando fiestas. Son unos motivados de la vida. Sin ellos, este colegio sería un poco más aburrido. Aunque son un grupo muy cerrado.

Vaya, ¿es por eso por lo que Gaëlle pasa completamente de mí? Humm… Seguimos andando hasta que llegamos a una sala enorme donde todo el mundo desayuna en diferentes mesas repartidas por el espacio.

—Esto es la cantina. Aquí es donde se cuece todo.

Nos dirigimos a una barra donde reparten el desayuno.

—Como puedes ver, aquí todo se divide en grupos, es muy fácil. Los chinos con los chinos, los italianos con los italianos…

—¿Y los españoles? —lo interrumpo mientras cojo una magdalena de chocolate y le pego un mordisco.

—Somos tú y yo.

Flipo.

—No flipes tanto. El año pasado estuve solo —me dice.

—Qué putada.

—Para nada. Fue el mejor verano de mi vida.

Buscamos sitio, pero no hay ni un solo hueco libre.

—¿Sabes jugar? —me pregunta, señalando una mesa de pimpón que yace en una esquina.

—Algo.

Cris tiene una mesa de pimpón en el garaje de su casa y de vez en cuando jugamos un poco. Él siempre se las apaña para ganar: me da una pala medio rota, se inventa nuevas reglas… En fin.

—Pues juguemos —me dice.

—¿Y el desayuno?

—¿No sabes hacer dos cosas a la vez?

Cogemos las palas y empezamos a jugar. Bueno, «jugar» no sería la palabra adecuada porque el tío no consigue devolverme ni una sola bola. Se mueve muchísimo. Parece una especie de bailarín karateca.

—Sí, soy malísimo —suelta.

—Tranquilo.

—¡Lo estoy!

Realmente lo está.

—Si no juego, nunca mejoraré, ¿no?

De repente, cinco *terminators* se acercan a la mesa y, con una tranquilidad pasmosa, nos quitan las palas de las manos y empiezan a jugar.

—¿Ya empezamos? ¡Cada año igual! —exclama Alan.

Cojo mi desayuno y me aparto.

—Vale, Bruno, me he olvidado decirte que los italianos SON UNOS CAPU…

Antes de que termine, lo agarro de la camisa y lo saco de allí, no vaya a ser que acabemos metiéndonos en problemas. Él se resiste por un momento, pero me ve la cara de asustado y cede.

—Tío, no te rayes. Ya jugaremos otro día —digo.

¡Será por días!

—¿Que no me raye? Bruno, en esta vida hay que ser buena persona, pero no gilipollas. Si nos hubieran pedido las palas amablemente, se las hubiera cedido. Pero que nos las hayan quitado con esa chulería de mierda...

El tío cierra el puño y se lo muerde con fuerza, sacando toda la rabia. Yo no sé muy bien qué decir, la verdad. Y es que tiene razón, pero ¿qué le vamos a hacer? Hay gente que, por un motivo u otro, se mueve por la vida intimidando a los demás.

—En fin, voy a cagar —me suelta, de repente.

—¿Cómo?

—Lo que oyes. Me ayudará a quitarme el mal rollo de encima.

Este giro no me lo esperaba para nada. ¡Vaya un bipolar!

—Nos vemos en clase, supongo —le digo.

—Ajá.

Lo observo subir las escaleras a toda prisa. Madre mía, ¿qué tipo de personaje acabo de conocer?

—¡Por cierto, Bruno! —me grita, desde arriba.

—¿Qué?

—¡Bienvenido, tío!

Nada más escuchar esas palabras noto que se me dibuja una sonrisa enorme en mi rostro. Creo que las cosas empiezan a animarse.

5

Han pasado cuatro días y Cris aún no ha respondido al mensaje. Vaya tío. Aunque, conociéndolo, seguro que se ha quedado sin batería en el móvil, o lo habrá perdido. Además, debe de estar disfrutando de la playa. Recuerdo el verano pasado con mucha nostalgia. Una tarde nos juntamos con unos colegas suyos que tenían una lancha y practicamos esquí acuático. Bueno, esa era la idea porque yo al final no pude: Cris se alargó en su turno e íbamos cortos de gasolina. Qué morro tiene a veces. Aun así, fue una auténtica pasada. Quizás, uno de los mejores momentos de mi vida.

—Tío, que te empanas —me dice Alan.

—¿Eh?

Se me va la cabeza.

—¿Has pillado algo de lo que te he dicho? —me pregunta—. Hoy hay fiesta.

—¿Dónde?

—En el aparcamiento del 7-Eleven.

Uf, qué pereza. Nunca me han gustado las fiestas. La gente entra en una especie de onda con la que no conecto y termino sintiéndome apartado y solo. Convencido, además, de que el espíritu de un viejo aburrido me poseyó cuando era pequeño y que este es el motivo por el cual me pasa esto.

—¿Hay que ir? —le pregunto.

—Estará el colegio entero. No podemos faltar.

—Nadie nos echará de menos.

—¡El destino sí!

***

Alan tiene razón porque cuando llegamos al 7-Eleven todo el mundo está allí. Antes de entrar en el aparcamiento, una chica nos impide el paso.

—*No alcohol, no party* —nos dice con acento francés.

Joder, sí que van fuertes.

—*We don't drink. We just dance* —le dice Alan.

—*Fuck off. No alcohol, no party.*

Con un poco de suerte, no podremos entrar y tendremos que volver a casa.

—Ven —me dice Alan, cogiéndome del brazo.

—¿Adónde?

—¡Tú ven, pesado! Estás conmigo. Las probabilidades de que mueras esta noche son del cero por ciento. Así que relájate y disfruta.

Entramos en el 7-Eleven.

—Si quieres que compremos alcohol, lo llevas claro. No nos lo van a vender —le digo.

—No lo compraremos. Lo robaremos.

—Estás de coña, ¿no?

Me pongo muy nervioso. La última vez que intenté robar algo fue con Cris en una tienda de animales. El tío quería regalarle un conejo a su hermana y no tenía dinero para comprarlo. Así pues, mientras él distraía al encargado de la tienda, yo intentaba hacerme con uno de los animalillos. Por mala suerte, o por torpeza mía, una señora me vio y se nos cayó el pelo.

—No pongas esa cara. Yo me encargo de todo, ¿vale? —me dice.

Me limito a no contestar, fastidiado. ¿Por qué siempre tengo que meterme en líos?

—¿Cerveza o algo más fuerte? —me pregunta.

—Me da igual. Rápido, por favor.

Abre una nevera y coge cuatro cervezas.

—Toma. Dos para ti y dos para mí. Escóndetelas donde puedas.

—Tío, ¡me has dicho que tú te encargabas de todo!

—¿Tienes hambre?

—¡No! Quiero irme.

Mientras coge unas chocolatinas de una estantería, yo me escondo las cervezas, de la manera más disimulada posible, en los bolsillos interiores de la chaqueta y visualizo a mis padres buscando un grupo de apoyo para cleptómanos.

—*Okay*. Ya podemos irnos —me dice, al fin.

Llegamos al mostrador. Mi corazón de viejo me va a mil. Nunca se me ha dado bien disimular nada.

—*Hey, Justin. How is it going?* —le pregunta Alan al dependiente.

¿Cómo? ¿Se conocen y vamos a robarle? Joder, acabamos de firmar una petición para ir al infierno.

—*Very good, Alan. Living life*.

Alan pone las chocolatinas encima del mostrador.

—*The chocolate and four beers that we have in our pockets.*

¡Será cabrón!

—*One day you'll get me in trouble. It's five pounds, my friend*—le dice el hombre.

Alan paga.

—*Come back soon.*

Salimos fuera de la tienda. Alan empieza a partirse el culo. Quiero estrangularlo con todas mis fuerzas.

—¡¿Por qué tanto circo?!

—Tendrías que haberte visto la cara. ¡Brutal! —me dice, retorciéndose por el suelo.

—Estás como una puta cabra.

—Bruno Ucelay, ¡vamos a ser muy buenos amigos!

Aunque me cueste reconocerlo, creo que tiene razón.

Volvemos al aparcamiento y mientras me bebo una cerveza, observo a Alan bailar como si no hubiera un mañana, alternando movimientos robóticos con saltitos divertidos.

—¡Ven a bailar, anda! —me dice.

Ni de coña.

—Voy a mear y vengo, ¿vale?

—No tardes. Hay que celebrar que aún estás vivo.

Salgo de la muchedumbre y me meto entre unos arbustos a mear. Nada más bajarme la bragueta, diviso a dos chicas a unos pocos metros. Van muy aceleradas. Una de ellas saca algo de su bolso y se lo mete por la nariz. ¿Está haciendo lo que pienso que está haciendo?

—*Is it good?* —le pregunta la otra.

—*I don't feel it yet* —contesta.

—*Let me try.*

La amiga hace lo mismo y, de repente, se fijan en mí.

—*Fucking pervert. Go away!*

¿Cómo? Oh, mierda, llevo demasiado rato mirándolas con la bragueta abierta.

—*Sorry!*

Creo que es hora de irse a casa. No pinto nada aquí.

Al salir de los arbustos, veo a uno de los italianos del otro día intentando besar a una chica con el pelo... ¡Gaëlle! Ella se aparta, pero el tío parece no darse por vencido y la retiene cogiéndola del brazo.

—¿Qué coño estás haciendo? —le grito.

¿Qué cojones acabo de hacer? ¡He perdido la puta cabeza!

—*What?* —me pregunta el italiano, sorprendido.

—Eh... ¿Te está molestando? —le pregunto a Gaëlle, con voz temblorosa.

—¿De qué vas, tío? ¿De superhéroe?

¡¿Qué?! ¡¿A qué viene esto?! De repente, aparecen los amigos del chico. ¡Mierda, mierda y mierda!

—*What is your problem?* —me pregunta uno de ellos.

—*You are the problem!* —le contesta Gaëlle.

Y entonces la chica le propina una bofetada descomunal. Nos deja a todos patidifusos. Aprovechando ese momento de distracción, me coge de la chaqueta e intenta sacarme de allí, pero ellos son más rápidos y nos rodean.

—*Shit* —murmura ella.

Ahora sí que estamos jodidos. Nos van a dar de lo lindo. A no ser que... ¿Y si me meo encima? A nadie se le ocurriría pegar a un chico que se mea encima. ¿O sí? ¡A la mierda, me meo encima! Aprieto. Aprieto un poco más. Mierda, no sale. Nunca se me ha dado bien mear en público. Soy de esas personas que necesita concentrarse y esas cosas. Cierro los ojos y me imagino ríos de todo tipo, cascadas, el agua del grifo... Empiezo a relajarme, parece que lo voy a conseguir, pero justo cuando me está a punto de salir la primera gota, alguien le baja los pantalones a uno de los chicos.

—¡Guau! ¡Qué culito! —exclama Alan.

¡Creo que lo quiero!

—¡Corred!

Gaëlle y yo salimos corriendo como locos. Alan va detrás de nosotros y los italianos detrás de él. Dejamos atrás el aparcamiento y el 7-Eleven. Empezamos a serpentear callejones a toda velocidad. Digamos que no es la mejor manera de hacer turismo, pero nos metemos por sitios que estoy seguro de que no me hubiera metido jamás: jardines públicos infinitos, jardines privados con barbacoas, balancines y casetas para el perro, callejones estrechos. Bordeamos un edificio enorme, imponente... claro, ¡el Trinity College, aquí está! Seguimos corriendo y solo nos detenemos al llegar al St Stephen's Green, un parque enorme, y ahí, sin aliento, descansamos. Con la tontería, no solo los hemos perdido de vista sino que nos hemos pateado media ciudad.

—No me lo puedo creer. ¡Estamos vivos!

Me pellizco la mejilla para comprobar que no estoy en una de mis ensoñaciones. ¡Duele! Me tiro al suelo y empiezo a llorar de la alegría. Alan se tira encima de mí.

—¡Bruno, por poco me equivoco y te mueres!

—¡Te odio, tío!

Lo abrazo con todas mis fuerzas. Menudo subidón de adrenalina. Hacía mucho que no me sentía tan vivo. Gaëlle nos mira, tímida, a unos pocos metros de distancia.

—¡Ven aquí con nosotros! —le dice Alan.

—No, gracias.

¡Madre mía, qué borde es!

—¡Vamos!

Intercambiamos unas miradas. Por primera vez, veo a una chica un poco menos dura de lo que aparen…

—¡Aaahhh! ¡Hija de…!

Gaëlle nos placa con todas sus fuerzas y se une al abrazo.

—¡Me cuesta respirar!

—¡Cállate, superhéroe de pacotilla! —me dice.

6

Katie, Dan e Ivy llevan todo el fin de semana desaparecidos, de manera que aprovecho para hacer el vago y comer a tope. Mola bastante, la verdad, esto de no tener que hacer esfuerzos para fingir que me entero de lo que dicen. Además, mis padres nunca me dejan vaguear. No soportan verme relajado antes de las nueve de la noche. Dicen que no es propio de un chico de diecisiete años. Y yo me pregunto: ¿qué es propio de un chico de diecisiete años? En cuanto me siento en el sofá, me mandan a pintar paredes, trasplantar un cactus o planchar las sábanas. Yo siempre les digo que, de vez en cuando, no hacer nada es hacer algo. Pero ellos, erre que erre. Han conseguido que sienta ansiedad cada vez que termino los deberes.

Pienso en la relación tan extraña que tienen Katie y Dan. Él parece siempre malhumorado, con una cerveza —o dos o tres—, en la mano mientras ve un partido de fútbol. Le habla a Katie con desprecio y, aunque no entiendo qué dice, las respuestas de ella denotan que no está siendo precisamente amable. A veces, me gustaría preguntarle a Katie si está bien, pero me da miedo no encontrar las palabras adecuadas… o que me responda que no es asunto mío.

Mientras me preparo un bocadillo de atún con mayonesa, reparo en que Gaëlle no ha salido de su habitación en todo el fin de semana. ¿Cómo puede alguien dormir tanto? Vaya una marmota. ¿Acaso no tiene hambre? Albergo la esperanza de que se despierte y pasemos el resto del día juntos. Podríamos comprar helado y comérnoslo en el salón mientras vemos un programa de talentos absurdos o algo por el estilo. Es un plan de abuelos total, pero sería una buena manera de estar tranquilos y conocernos un poco más. No sé qué tiene esa chica, pero me muero por conocerla.

¡Meeec! ¡Meeec!

La puerta. ¿Debería abrir? Quizás son Katie, Dan e Ivy.

¡Meeec! ¡Meeec!

—¡Ya voy! —grito, levantándome del sofá.

—¡Abre!

Pero ¿qué…?

—¿Alan? —pregunto.

—¡Rápido!

Mierda, ya estamos otra vez con los putos italianos. ¿Qué hay que hacer para que nos dejen en paz? Abro la puerta a toda prisa.

—¿Estás bien? —le pregunto, echando un vistazo a la calle.

—¿Dónde está el baño? ¡Me meo, tío!

¡Será hijo de su madre! ¿Por qué hace estas cosas?

—Qué susto. Pensaba que…

—Me da igual. ¡¿Dónde está el baño?!

Da los mismos saltitos que ayer por la noche, solo que ahora no los combina con movimientos robóticos.

—Al fondo a la derecha —le digo.

—¡Joder, siempre es al fondo a la derecha! No sé por qué pregunto.

Y se mete en el baño a mear con la puerta abierta.

—Oh, Dios mío. Por poco me lo hago encima —me dice, como si nada.

—¿Cómo sabes dónde vivo?

—Se lo he preguntado a Michael. ¿Gaëlle anda por aquí?

—Sí, pero está durmiendo —susurro.

—Qué pena. Quería llevaros a un sitio.

Humm... A lo mejor podríamos...

—¿La despertamos? Lleva así desde el viernes —sugiero.

—No, mejor que no. La dejamos descansar. Iremos tú y yo.

—¿Seguro?

—¡Claro!

Quizás no es mala idea posponer el plan con Gaëlle e irme con Alan. Al fin y al cabo, si no fuera por él, en estos momentos estaría en algún hospital cercano recuperándome de la paliza de mi vida. Se lo debo todo.

—Es pis —me dice el tío saliendo del baño y tocándome la cara con las manos mojadas.

—¡Quita!

Esta broma también nos la hacemos siempre Cris y yo. Qué bueno.

—He hecho unos macarrones con salsa de tomate que vas a flipar —me dice.

—Qué guay, gracias.

Hablando de comida, tengo el bocadillo de atún con mayonesa casi preparado. ¿Y si se lo dejo a Gaëlle? Así tendrá algo para comer cuando se despierte.

—¿Nos vamos? —me pregunta Alan, impaciente.

—Dame un segundo.

Voy a la cocina y, a toda prisa, termino el bocadillo. Unto la mayonesa en el pan, vacío una lata de atún por encima, le echo otra capa de mayonesa y… ¡Listo!

—¿Qué haces? Hay comida de sobra.

—Es para Gaëlle.

—Oh, vaya un detalle. Eres todo un caballero.

—Cállate, anda.

—¡Lo digo en serio!

Pongo el bocadillo en un plato, subo rápidamente las escaleras y, de la manera más sigilosa posible, se lo dejo en el suelo, delante de la puerta de su habitación.

—¿Qué rollo os traéis? —me pregunta Alan, sacando la cabeza por la escalera.

—¡Chisst!

—¿Te gusta o qué? —insiste.

—¡No!

Sí, creo que sí.

—Reza para que no lo pise sin querer —me dice.

Para lo que rezaré es para que mis intenciones no resulten muy evidentes, me digo mientras voy de paquete en la bicicleta que conduce Alan y hago malabarismos para no caerme y para que mis pies no toquen el suelo.

Me siento como si estuviera haciendo turismo por la ciudad. Recorremos un montón de calles por las que aún no había pasado. Mola mucho. Es una buena manera de descubrir los secretos de Dublín.

—Llegamos en un minuto —me dice.

—Perfecto. Me tienes intrigado.

Pienso en Gaëlle y en el bocadillo. No sé si ha sido buena idea dejárselo. Me da miedo quedar como un pardillo, porque eso es lo que siempre me pasa con las chicas que me gustan. Nunca he sabido muy bien cómo acercarme a ellas. La última vez que me gustó una chica terminé regalándole el primer libro de *Harry Potter*. Para mí ese gesto tenía un significado brutal, pero ella no lo captó y terminó riéndose de mí con sus amigas. Se empeñaron en llamarme Bruno Potter durante semanas. Fue penoso.

—¡Tachán!

Llegamos frente a una reja metálica que encierra unos setos enormes, parecidos a los cipreses de cementerio, que no dejan ver lo que hay más allá.

—¿Tachán?

Alan se baja de la bici, se mete por un agujero enano que hay en la reja y desaparece entre los setos.

—¿Nos vamos a meter en un lío?

—Te va a encantar —me dice desde el otro lado.

Resoplo, poco convencido. Me meto por el agujero, atravieso los setos y... Cementerio a la una, cementerio a las dos... ¡Guau! Menuda sorpresa. Estamos en un campo de golf increíblemente extenso, de ese mismo verde sobrenatural que lo inunda todo aquí. No puede estar mejor cuidado, es perfecto. ¿Cómo puede ser que una cosa así esté en medio de la ciudad y pase desapercibido?

—Mola, eh... —me dice Alan.

—Mucho.

Está totalmente vacío, no se ve ni un alma y Alan se pone a buscar entre los setos y saca un palo de golf oxidado.

—Me lo encontré el año pasado y lo escondí aquí. Así puedo venir a jugar cuando quiero.

¿Cuándo dejará de sorprenderme? Qué crac.

—Vamos a por unas bolas.

Caminamos hasta un llano. Desde ahí, a cientos de metros, hay gente lanzando bolas amarillas a diestro y siniestro hacia nosotros, aunque no consiguen darnos.

—Bastarán cuatro o cinco bolas para cada uno —me dice.

Estoy tan emocionado con el plan que la idea de que nos puedan abrir la cabeza me da absolutamente igual. Así pues, empezamos a arrastrarnos por el césped, como si fuéramos guerrilleros. De hecho, estamos en una misión especial en la que tenemos que rescatar los huevos de un pájaro en peligro de extinción. Su supervivencia es esencial para el equilibrio biológico y ecológico de la Tierra. Si el pájaro desaparece, la humanidad puede darse por vencida.

—Bruno, cuatro o cinco son suficientes.

—¡Hay que salvar tantos huevos como podamos!

—¿Qué dices? ¿A qué huevos te refieres?

Ya estamos, otra vez.

—Nada, nada —le digo, soltando algunas bolas.

—Madre mía, estás peor de lo que pensaba. Vamos a jugar al golf y a comer los macarrones, anda.

Salimos de allí y nos dirigimos a la zona de juego. Alan me pasa el palo de golf, tira un par de bolas al suelo y saca de la mochila una fiambrera con los macarrones.

—Nos iremos turnando. Mientras uno juega, el otro come, ¿vale? —me dice.

—Perfecto.

—Pues adelante, dale.

Apunto con el palo hacia el *green*, que está como a doscientos metros, y golpeo la bola con todas mis fuerzas. Bueno, eso creo durante unas milésimas de segundo, ya que no consigo ni rozarla. Eso sí, el palo sale volando como si fuera un bumerán de esos malos que no vuelven.

—¡Buena! —exclama Alan.

—En Barcelona jugamos así. Es más divertido.

—Algo me habían comentado.

Voy a recoger el palo.

—Oye, ¿te puedo hacer una pregunta? —me dice Alan.

—Claro, dime.

—Tú y Gaëlle ¿qué?

¡Lkdmclksdmsck!

—¿Qué de qué? —le pregunto.

—No te hagas el tonto. ¿Te gusta?

—Es guapa.

—Eso lo sabe todo el mundo. Me refiero a si te gusta de verdad.

No estoy muy acostumbrado a hablar de este tipo de cosas. En alguna ocasión, lo he intentado con Cris, pero nos hemos quedado bastante en la superficie.

Nos da vergüenza, supongo.

—No tengas miedo a expresar lo que sientes. Estás a salvo —me dice.

Joder, qué difícil.

—Es como si… —digo, intentando descubrir o entender lo que siento por ella.

—Como si… ¿Qué?

—Como si fuera magnética.

—¿Magnética? —me pregunta, con interés, mientras engulle unos cuantos macarrones.

—Sí. Como si desprendiera un tipo de energía celestial que hace que quiera estar con ella todo el rato, abrazarla y… ¡Yo qué sé! Desde el viernes que no me la quito de la cabeza.

Respiro, aliviado.

—¿Y a qué estás esperando?

—¿A qué te refieres?

—¡Pídele una cita!

Ya empezamos con el rollo ese de las citas. ¿Estamos en una película de los años sesenta?

—Tú estás majara.

—¿Qué problema hay?

—Me va a decir que no.

—¿Qué dices? Pero si eres un tío de puta madre. Lo tienes todo.

Vaya, nunca nadie me había dicho algo así. Ni mis padres. Bueno, quizás mis padres sí, pero con otras palabras y, desde luego, no últimamente. Aun así, ni de coña me arriesgo a volver a hacer el ridículo. No quiero ni imaginarme cómo sería convivir con ella después de ser rechazado.

—No lo veo claro —le respondo.

—Bruno Ucelay, no seas capullo y aprovecha estos días que te quedan. En tus manos está hacer de esta experiencia un recuerdo inolvidable.

—Que no, tío, que no. Ya estoy bien como estoy.

—¡Pero si no tienes nada que perder!

—¡La dignidad!

—¿Qué dignidad? ¡Si tienes diecisiete años!

Madre mía, qué pesado.

—¿A ti te gusta alguien? —le pregunto, intentando cambiar de tema.

—Gustar, como a ti te gusta Gaëlle, no. A ver, Yuang es mono y me mira mucho, pero no me acaba de gustar del todo.

—¿Qué Yuang?

—Uno de los chinos de clase. He intentado entablar conversación con él varias veces, pero el pobre es muy rarillo.

Creo que me he perdido.

—Tío, no pongas esa cara. Soy gay —me dice.

¿Es otra de sus bromitas o tengo que tomármelo en serio?

—No tenía ni idea. Te guardaré el secreto, no te preocupes —le contesto.

—¿Qué secreto? ¡Puedes decírselo a quien quieras! No podemos vivir ocultando a los demás quiénes somos. ¿Qué clase de vida esperamos tener entonces? Además, no es culpa mía que haya gente en el mundo que no lo pueda entender.

Joder, menudo comentario el mío. Tiene toda la razón. ¿Por qué tanto conflicto con ese tema? ¿Por qué tanta incomodidad?

—Estoy totalmente de acuerdo. Discúlpame.

—No te disculpes. Me gusta que nos vayamos conociendo un poco más, Bruno Ucelay.

Me pasa la fiambrera y me quita de las manos el palo de golf.

—A mí también, la verdad.

Creo que tengo enfrente a una de las personas más fascinantes y reales que he conocido nunca. Tiene una personalidad única. Desborda pasión por la vida, pero, sobre todo, autenticidad. Cada vez me cae mejor. Además, siento que con él puedo ser yo mismo, sin tener que forzar u ocultar nada.

—Come, anda.

Pincho unos cuantos macarrones y me los meto en la boca. ¡Ooooh!

—¿Te gustan? —me pregunta.

—Casi tanto como los que hace mi abuela. Te lo juro.

Ahora es él quien se prepara para golpear. Hace un par de estiramientos simulando ser un profesional, coloca el palo y apunta.

—Si consigo llegar al *green*, le pides una cita a Gaëlle —me dice, divertido.

—No empieces otra vez.

—¿Sí o no? —insiste.

—Ya veré.

—No. Ya veré no. ¿SÍ O NO?

—¡Vale, pesado!

Como llegue, estoy jodido.

—Así me gusta. Es hora de que dejes de soñar y empieces a vivir un poco más.

Golpea la pelota y…

—MIERDA.

¡Se le da mucho mejor que el ping-pong!

***

Durante el camino de vuelta a casa, no dejo de pensar en la conversación que he tenido con Alan. Ha sido muy reveladora. Me fascina cómo piensa y cómo ve la vida. Estoy rodeado de gente que lleva siempre una especie de máscara, que van con miedos de gustar o no gustar a los demás. Alan es lo contrario a eso: no quiere engañar a nadie, es tal y como se muestra. Por eso, no hay muros que se le resistan. Y por eso siento que querría parecerme a él.

Justo cuando estoy ya llegando a la puerta de entrada, escucho que alguien me hace una pregunta desde el otro lado de la calle:

—*How is your nose?*

Me giro. Es la chica rubia que estaba en la prueba de nivel que hicimos el primer día de clase. La chica a la que le dejé el bolígrafo y casi baño en sangre. ¿Qué hace aquí?

—*My nose is good, thank you* —le digo, avergonzado.

—*I'm happy for you. You scared the shit out of me.*

—*Sorry.*

Es de una belleza tan explosiva que incomoda. Se acerca hacia mí. Uy. Mejor saco las llaves para entrar en casa, no vaya a ser que empiece a sangrar por la nariz otra vez.

—*What is your name?*

¿De verdad que quiere seguir hablando conmigo?

—Bruno. *And yours?*

—Bianca. *Nice to meet you.*

Y me tiende la mano. No sé si quiere que se la bese en plan condesa o le dé un apretón. Ante la duda, escojo la segunda opción, que es la menos arriesgada.

—*I live here. We are neighbours* —me dice.

Señala una casa más lujosa que la nuestra. En la entrada se distingue un porche enorme y un mastín danés con cara de pocos amigos. Estaba convencido de que Gaëlle y yo éramos los únicos del colegio que vivíamos en este vecindario.

—*Nice. Good to know* —respondo por decir algo.

—*If you need anything, I'm here.*

Asiento con todo el cuerpo, como si eso se pudiera hacer. Ella da media vuelta y se va. La observo unos segundos. Es muy, pero que muy guapa. Aunque no me transmite lo mismo que Gaëlle. No tiene ese magnetismo que la caracteriza. Gaëlle es especial, cuando la tengo cerca me mantengo alerta, como si quisiera asegurarme todo el rato de que ella está bien. Intuyo que, tras esa apariencia de chica dura, distante, se esconde algo más y, aunque quiera convencerme de lo contrario, me muero por descubrirlo. De todas maneras, a pesar de que piense en Gaëlle, me quedo embobado mirando a Bianca, que se gira y me pilla de lleno. No sé muy bien cómo disimular, así que corro a esconderme en el interior de la casa, pero soy tan cafre que me cuesta meter la llave en la cerradura y el momento de vergüenza se alarga muchísimo. La escucho reírse.

Una vez dentro y a salvo, escucho a Katie y a Dan en la cocina. Deben estar cenando y lo hacen en silencio. Solo se oye el leve tintineo de los cubiertos.

Me da mucha pereza saludarlos. Además, no tengo demasiada hambre, cosa rara en mí, por cierto. No sé si es debido a que me he hinchado a macarrones, a los nervios que me provoca el hecho de que tenga que pedirle una cita a Gaëlle o a que me muero por saber si se ha comido el bocadillo.

Subo corriendo las escaleras y… ¡el bocadillo no está! ¡Se lo ha comido! En su lugar hay un papel cuadriculado doblado varias veces. ¿Una nota? ¡UNA NOTA! La cojo a toda pastilla y me meto en mi habitación. La desdoblo minuciosamente y, en tinta azul y con una caligrafía… Bueno, digamos que no es increíble, pero para mí es perfecta, leo:

Gracias, Bruno ☺

7

He hecho este recorrido tantas veces que ya me sé las paradas de memoria. Como de costumbre, voy en el autobús con Gaëlle, pero no me hace ni caso y se limita a dibujar concentrada en su libreta. No hemos cruzado ni una sola palabra desde que hemos salido de casa, pero su actitud es diferente. Ya no le molesta que esté sentado a su lado. Y menos mal, porque me encanta estar sentado a su lado, aunque sea sin hacer nada. Sé que no la conozco tanto como para estar así, pero Gaëlle tiene algo que la hace distinta a todas las chicas que he conocido. Claro que tampoco es que haya conocido a tantas. La rodea un halo de misterio, a veces está como alejada, distante, pero intuyo que hay algo que no muestra a los demás. Por miedo, quizás. Qué sé yo. Lo que sé es que cada vez que nuestras piernas se tocan me vuelvo loco. Aun así, no me veo con la confianza de pedirle una cita. Me imagino cómo sería:

—¿Te apetece salir por ahí algún día? —le preguntaría yo.

—Jamás en mi vida. Te voy a matar si me lo preguntas otra vez.

Y entonces yo haría las maletas, me cambiaría de casa y dejaría de ir al colegio con tal de no volver a verla más. Fin de la historia.

Como tengo el paisaje muy visto y aquí nadie dice nada saco el libro de *Harry Potter* de la mochila. Lo tengo abandonado desde hace demasiados días.

—¡Oh! *¡Harry Potter!* —exclama ella de golpe.

Me pega un buen susto. ¿Le gusta *Harry Potter*? ¿En serio? Y entonces se pone a hurgar en su mochila, emocionada. Aprovecho para mirarla. Joder, qué pelo, qué piel… ¡Qué todo!

—¡Mira!

¡Bum! Saca el mismo libro, pero en francés. Flipo pepinillos. Cris siempre dice que los amigos de sus amigos son sus amigos. A mí me pasa lo mismo con los fans de *Harry Potter*. Inevitablemente, tenemos una conexión especial.

—*Harry Potter* es mi vida —le digo.

—¡Es brutal!

¡Dios mío! ¿Puede ser más perfecta?

—Léeme algo —me dice.

—No me jodas, qué vergüenza. Tú, primero —le respondo.

Introduce de nuevo la mano en su mochila. Esta vez saca unas gafas de ver redondas, idénticas a las de Harry, se las pone, abre el libro por una página cualquiera y empieza a leer. Me encanta cómo le quedan las gafas. Le dan un aire de importancia que... Uf.

—*Blu-blu, ble-ble, bla-bla...*

Suena tan sexi. Se me cae la baba.

—*Blu-blu, ble-ble, bla-bla...*

Harry Potter en francés es otra movida.

—¿Te gusta? —me pregunta.

«¿Que si me gusta? ¡QUIERO CASARME CONTIGO!».

—Eh... Sí.

Sonríe. Y qué sonrisa. Tiene una minipeca justo en la comisura del labio superior que... Podría conformarme con tener una cita con esa minipeca.

—Tu turno.

Abro el libro por una de las páginas del principio, no vaya a ser que lea algo que aún no toca y la fastidiemos, escojo una frase cualquiera y…

¡Ding, ding, ding!

—Es nuestra parada —me dice.

Entonces, ¿qué? ¿Leo o no leo?

—Queda pendiente. Que lo sepas.

Perfecto. Así tendré tiempo para preparar algún párrafo del libro y poder leérselo como corresponde: sin tartamudeos, ni tembleques, ni esas cosas que me pasan cuando leo delante de los demás.

Recogemos nuestras cosas rápidamente y nos situamos delante de la puerta para salir.

«¡Dile que le lees el libro entero tomando una cerveza, gilipollas!», me dice una vocecilla dentro de mi cabeza.

Ni de coña.

«Puto cobarde de mierda. ¡No aprendes!», continúa.

—¡Que no! —grito.

—¿Cómo dices? —me pregunta Gaëlle.

Vale, ahora se pensará que estoy loco.

—Eh… Nada, nada.

Ella asiente, extrañada. Para disimular, me pongo a tararear una canción inventada en la que «¡Que no!» es el estribillo:

—¡Que no! Que no quiero sentir. ¡Que no! Que no quiero vivir. ¡Que no! Que no tararí tarará…

«¡Cobarde, cobarde y cobarde!».

—¡Chissst! —susurro, en medio de la canción.

«Hazlo por todas esas veces que no te has atrevido a hacer algo. ¡Vence tus miedos de una vez!».

Noto que Gaëlle me mira de reojo. Sabe que alguna cosa no va bien. Intuye que necesito atención psicológica urgente. Las puertas del autobús se abren. Nos bajamos.

«¡Hazlo, ahora!».

¡Aaaahhh! Siempre igual. Todo el mundo diciéndome lo que tengo que hacer.

«¡Porque no espabilas ni a tiros gilipo…!».

—Bruno —me llama Gaëlle.

Paro de cantar en seco.

—¿Tomamos algo esta noche?

¡BUM!

***

Alan y yo salimos de clase hacia la cantina.

—¿Te lo ha pedido ella? —me pregunta, sin dar crédito.

—Estaba a punto de pedírselo yo, pero se me ha adelantado.

Una mentirijilla no hace daño a nadie.

—¿Sabes qué quiere decir eso?

—¿Qué?

—Que tiene interés en ti.

Se me pone la piel de gallina solo de pensarlo. ¿Tendrá razón? No quiero hacerme ilusiones y luego llevarme el chasco de mi vida. Tengo que mantener la calma e intentar no sacar conclusiones antes de tiempo.

—¿Cuándo habéis quedado? —me pregunta.

—Hoy, al salir de clase.

Me mira, contento, pero no dice nada.

—¿Qué pasa? —lo interrogo.

—Que me alegro un montón por ti.

—Estoy de los nervios. No he tenido una conversación de más de dos minutos con ella.

—Pues hoy la tendrás.

Me muero.

—Creo que voy a hacerme una lista mental de posibles temas de los que poder hablar, así me aseguro de que la conversación no decaiga —me digo a mí mismo, cual pardillo.

—Déjate de chorradas y fluye, tío. Que no es para tanto.

Me doy cuenta de que estamos a punto de entrar en la cantina, donde lo más probable es que los italianos estén jugando al pimpón y haciendo de las suyas.

—Para, para. Nos estamos metiendo en la boca del lobo —le digo.

—Pensaba que no te darías cuenta.

¿Es que no le da miedo?

—Nos van a machacar —insisto.

—Lo dudo. Hay profesores por todas partes. Relájate.

Pero ¿en qué mundo vive? En mi instituto, pegarse delante de los profesores no es ningún problema. De hecho, es un aliciente más. Otorga puntos.

—Paso de entrar ahí. Lo siento —le digo, haciendo ademán de irme.

Pero Alan me detiene agarrándome de la camiseta.

—¿Y el almuerzo? —me pregunta.

—Que le den al almuerzo.

—Tío, no me seas miedica. En algún momento

u otro coincidiremos con ellos. ¿Para qué retrasar lo que es inevitable?

Me cago en mi vida, en serio. ¿Por qué siempre que empiezan a irme bien las cosas aparece algo que las tuerce de golpe?

—Tómatelo como una experiencia —me dice, como si nada.

¡Estoy hasta los huevos de tanta experiencia!

—¿A ti no te frena nada? —le pregunto.

—¡Tú me frenas! Vamos.

Me tira de la camiseta y me arrastra para el interior de la cantina, donde, efectivamente, están los italianos jugando al pimpón. Los demás alumnos almuerzan sentados alrededor de las mesas, manteniendo una distancia prudente con ellos. Hago un barrido con la mirada, intentando localizar a algún profesor, pero no encuentro a ninguno.

—Vamos a por unas magdalenas.

—Serás cabrón…

Al pasar entre la gente, pongo cara de tío chungo peligroso. Esa cara que pongo, fruto del miedo, cuando voy solo por la calle y me cruzo con alguien que me da mala espina. Quizás así consigo ahuyentar a los italianos si nos ven.

—¿Qué te pasa? —me pregunta Alan.

—*I've killed people.*

—Tío, no entiendo cómo llegas a estas cosas, en serio.

De repente, una pelota de pimpón pasa volando sobre nuestras cabezas a toda velocidad.

—*Hey you two!* —nos gritan los italianos.

¡Si es que estaba clarísimo!

—¿Qué hacemos? ¿Corremos? —le pregunto a Alan.

—No. Hablaré con ellos.

—Tú no te enteras de nada. Esa gente no habla. ¡Esa gente golpea!

—Déjame a mí.

Hay que ser tonto. ¡Pero tonto TONTO!

El grupo entero se planta delante de nosotros. Me fijo en que el chico que recibió la bofetada de Gaëlle tiene la mejilla amoratada. ¡Vamos a pagarlo bien caro!

—*What?* —les pregunta Alan.

¿Esto es hablar? Me cago en su vida. ¿Por qué le hecho caso? Vale, ¿cómo escapamos esta vez? Porque lo de mearme encima delante de tanta gente no lo veo.

—*We just want to apologize* —nos dice el chico de la mejilla amoratada tendiéndonos la mano.

—¿Qué? —se me escapa.

Alan me manda callar dándome un codazo suave pero nervioso en las costillas.

—*We were drunk and we didn't behave well. Sorry* —se explica el italiano.

Alan y yo nos miramos sin dar crédito a lo que acabamos de oír.

—*Are you sure?* —les pregunta Alan.

—*Yes, of course.*

Esto es muy raro. El viernes pasado estaban como locos por reventarnos la vida, ¿y ahora nos piden perdón? ¿Qué es lo que están tramando?

—*Apology accepted* —les dice Alan, chocándoles la mano.

Ellos suspiran aliviados.

—*I'm sorry for pulling down your pants* —añade.

—*No worries. All good.*

Y, como si nada, se van por donde han venido, dejándonos más descolocados que nunca.

—¿Qué es lo que acaba de pasar? —me pregunta Alan.

***

Si alguien me dijera que J. K. Rowling se inspiró en este bar para crear Las Tres Escobas de Hogsmeade, me lo creería. El sitio, una especie de taberna, debe de tener un par de siglos como mínimo. Las paredes son de piedra y el mobiliario, de madera antigua, aunque muy bien conservada. Un montón de lámparas estratégicamente colocadas llenan el ambiente de luz cálida. Hay un espejo detrás de la barra que hace que el lugar parezca más grande y en el que de vez en cuando nos encontramos Gaëlle y yo con la mirada, como si no diera crédito de estar con ella ahora. Me encanta este bar. Si no fuera porque está abarrotado de gente, sería a partir de ya uno de mis sitios favoritos de Dublín.

Gaëlle y yo estamos sentados en una mesa al lado de una ventana que da a la calle. Mientras esperamos las dos cervezas, normales, no de mantequilla, que acabamos de pedir, observamos a la gente pasar. La verdad es que me siento un poco tonto: la conversación no está fluyendo demasiado. Aun así, estar con ella aquí es lo mejor del mundo.

—¿Quieres jugar a un juego? —Rompe el hielo.

—¿A cuál?

Ella mira por la ventana y señala una señora mayor que viste un abrigo de piel, muy poco apropiado para el calor que hace, y arrastra un perrito moribundo.

—¿Cuál crees que es su nombre?

¡A esto jugamos mucho con Cris! Somos expertos en imaginarnos nombres, trabajos y lo que se nos ocurra de personas desconocidas.

—Humm... ¿Cruella De Vil? —pruebo.

—Sííí. Su abrigo está hecho con cachorritos que ella misma cría en casa.

Un camarero, que no se parece a Madame Rosmerta en nada, nos trae dos jarras enormes de cerveza. Gaëlle coge la suya y le da un trago larguísimo. Yo, en cambio, le doy un sorbito y la vuelvo a dejar encima de la mesa. Lo último que quiero es atragantarme y montar un espectáculo de los míos.

Mientras espero a que ella termine de beber, vuelvo a mirar por la ventana, buscando a otra persona que nos permita seguir con el juego. Me fijo en una pareja de jóvenes que pasean tranquilamente cogidos de la mano. Deben de tener dos o tres años más que nosotros. A primera vista, parecen muy enamorados.

Me pregunto si Gaëlle y yo llegaremos a pasear como ellos algún día. Me recrimino a mí mismo este tipo de sueños en los que siempre me acabo embarcando, pero, en vez de detenerlo a tiempo, me escucho decir:

—¿Cómo crees que se enamoraron? —le pregunto, señalándolos.

Les echa una ojeada.

—No están enamorados.

¡Guau! ¡Tocado y hundido!

—¿Por qué? —le pregunto, curioso.

—Porque el amor no existe. Es una mentira que la sociedad ha creado para hacernos sentir menos solos.

¿Cómo dice?

—¿Nunca has estado enamorada?

—Si enamorarse significa acabar sufriendo, ¿qué sentido tiene? Prefiero pasarlo bien con alguien y seguir con mi vida.

¿Se puede tener una visión más deprimente del amor con dieciocho años? Que me perdone, pero me niego a aceptar que eso que siento en el estómago cada vez que estoy con ella sean una mentira que me he creado yo para estar menos solo. ¿Por qué piensa así? ¿Qué le ha pasado en la vida para llegar a tales conclusiones? ¿Debo quitarme de la cabeza la idea de pasear con ella cogidos de la mano entonces?

—Quizás no significa acabar sufriendo —pruebo de rebatirle.

—Estoy con Bruno en eso —dice Michael, de repente.

What the fuck! ¿De dónde sale este ahora?

—Me da igual. Voy al baño —nos dice Gaëlle.

Y nos deja solos. Qué carácter... Michael ocupa el sitio de Gaëlle y, con todo el morro, le da un trago a su cerveza.

—¿Así que Gaëlle y tú...? —me dice, limpiándose con la mano la espuma de los labios.

Gaëlle y yo, ¿qué? ¿Por qué mete las narices donde no le llaman?

—Solo somos amigos —le respondo.

—Es que como os he visto aquí solos he pensado que quizás...

—Para nada.

¿Se puede ser más cotilla? Además, ¿por qué ha tenido que aparecer? No es justo. ¡Era nuestro momento!

—¿Y tú qué haces aquí? —le pregunto, cambiando de tema.

—Mi novia y yo venimos a menudo. Es uno de nuestros bares favoritos de la ciudad.

Pues ya es coincidencia. Será que no hay bares en esta ciudad.

—¿Y dónde está tu novia?

—Ahora viene —me contesta, dándole otro trago a la cerveza de Gaëlle—. Está caliente. Voy a pedir otra ronda para todos.

¿Otra ronda? Pero si apenas he empezado con la mía.

—No hace falta. Gracias —le contesto.

—Ahora vuelvo.

Y se va hacia la barra. ¡Aaahhh! No hay manera de que nadie me haga caso. Debo de ser la persona con menos poder de convicción del mundo. Gaëlle regresa. Parece molesta por lo de antes.

—¿Nos vamos?

Era de esperar.

—¿Estás bien? —me atrevo a preguntarle.

—Sí. Solo que quiero irme.

—Pero Michael…

—Que le jodan.

Vaya, en eso sí que estamos de acuerdo. Cogemos nuestras cosas y, agachándonos entre la gente para que Michael no nos vea, salimos de Las Tres Escobas. Ya es de noche y prácticamente no hay gente en la calle. Uf, ¿en serio no tenía calor la señora del abrigo? Empezamos a andar, sin decirnos nada durante un buen rato, compartiendo la tranquilidad que nos rodea.

—Tengo una pregunta —me dice, pensativa.

—Dispara…

—¿Yo te gusto?

Hostia puta. Siento un hormigueo en el brazo izquierdo y que me falta el aire. ¿Infarto? ¿Tan joven? ¿En serio?

—¿Yo te gusto o no?

Uf, pero ¿a qué viene esto? ¿Qué se supone que debo contestar? Después del discursito que me ha soltado sobre el amor, no tiene sentido que le diga la verdad. ¿O sí?

Y cuando creo que me va a mandar a la mierda por quedarme allí como un tonto sin decirle nada, me coge de la cintura, tira hacia ella y me planta un beso en los labios. *Holly Jesus Christ!* El beso es suave, húmedo, tibio, adrenalínico… La sensación que me provoca es única; la mejor que he tenido en mi vida. Es como si todo se hubiera congelado a mi alrededor, como si el mismísimo momento quisiera permanecer para siempre. Nuestros labios se separan y todo me da vueltas.

—Sí, me gustas —le contesto, al fin, derritiéndome.

—Está bien saberlo.

¿Qué significa eso? Joder, están a punto de fallarme las piernas de la emoción. Quiero más.

—Vamos —me dice, echando de nuevo a andar.

No... ¿Por qué? Uno más. Solo uno más. ¡Quiero volver a sentirme en las nubes! Antes de perderla de vista, corro a alcanzarla. No hay nada como ser correspondido, al fin, por alguien que me gusta. Pero ha sido todo tan rápido... ¿Le doy la mano? ¿O quedaría fuera de lugar? ¡Joder, estoy tan emocionado que no puedo pensar con claridad! Supongo que, por una vez, debería dejar de comerme el coco y fluir. ¡Aaahhh!

8

—Tengo que contarte algo —le susurro a Alan, procurando que la *teacher* Smith no me oiga.

—Yo también —me dice, con el mismo tono.

—¿Quién lo hace primero?

—Dispara.

Cojo aire y…

—Ayer me besé con Gaëlle.

Qué gusto da decir algo así. Normalmente, son los demás quienes me cuentan que se han besado con alguien.

—¡¿Qué?! —grita Alan.

La *teacher* Smith y los demás alumnos se giran hacia nosotros.

—*Is there something you want to share Alan?* —le pregunta la profesora.

—*A lot of things. But not this one.*

La profesora lo fulmina con la mirada y continúa con la clase.

—¿Cómo pasó? —me pregunta Alan, ultramegaemocionado.

—Volviendo del bar. Estoy que no me lo creo.

—¡Pero dame más detalles, cabrón!

—Pues... Después del bar, andando hacia casa... Me besó ella.

Y entonces Alan, conteniendo otro grito, me da una palmada en el brazo como calmante que...

—¡Ayyyy!

La profesora Smith y los demás alumnos vuelven a girarse, esta vez hacia mí, un poco más molestos que antes.

—*Sorry* —me disculpo, antes de que la profesora pueda decir nada.

Joder, me va a salir el moratón de mi vida.

—¡Ya tienes pareja para el baile! —exclama Alan.

—No nos precipitemos, por favor. Te toca.

—¿De qué?

—Me tienes que contar lo tuyo.

—¡Ah! Vas a flipar. Ayer me encontré esto en mi taquilla.

Saca un papel arrugado del bolsillo de su camisa y me lo pasa. En él está escrito:

«I THINK WE LIKE EACH OTHER».

—Creo que tengo un admirador secreto —afirma con esa sonrisa de oreja a oreja que tanto lo caracteriza.

—No será de…

Los dos miramos a Yuang, que nos observa, tímido, desde el otro lado de la U de pupitres.

—Me atrevería a decir que sí, tío, pero ¿quién sabe? —me dice, encogiéndose de hombros.

Ahora soy yo el que, por no pegar un grito, le doy un calmante a él, pero siguiendo el mismo patrón de antes…

—¡Ayyyy!

La profesora Smith para en seco la clase, harta:

—*You two, out of my class!*

—*Sorry, sorry!* —le decimos los dos al unísono.

—*Out!*

Tiempo atrás, que me echaran de clase hubiera sido una catástrofe, pero no sé por qué ahora me importa una mierda. ¿Será por Alan, que es una mala influencia? ¿Por Gaëlle y el beso? ¿O por todo un poco? Además, sea lo que sea no hay manera de que les llegue una nota de aviso a mis padres y que toque sermón al llegar a casa.

***

Mientras Katie ve la tele en el salón, yo ceno solo en la cocina. La idea de comer solo nunca me ha gustado, pero en cualquier momento puede llegar Gaëlle a casa y sentarse a cenar conmigo. ¿Por qué tarda tanto?

El plato del día son macarrones con mantequilla. No están mal, pero ¿por qué los ingleses se empeñan en echarle mantequilla a todo? Me los como poco a poco, intentando alargar mi tiempo en la cocina tanto como puedo. Tan poco a poco, que siento cómo se van deshaciendo en mi boca, convirtiéndose en una papilla asquerosa. Una papilla de macarrones.

Me los termino. ¡Lo que llega a comerse uno cuando pasa hambre! Gaëlle sigue sin aparecer. Me levanto y dejo el plato en el fregadero, también con una lentitud que para nada me caracteriza. El fregadero está lleno de sartenes, ollas, platos, vasos y cubiertos sucios. Para ganar un poco más de tiempo, friego una sartén. Como veo que no es suficiente, friego otra más... y una olla... y unos tenedores... ¡Vamos, que me hago la vajilla entera! Hasta paso la bayeta por los fogones y la encimera. Katie y Dan van a flipar cuando lo vean. Como siga así me va a dar la noche en la cocina.

De repente, Katie aparece con el teléfono en la mano y me mira dubitativa, como si no supiera qué hacer. Tapa el auricular.

—*It's your mom. She says she's been trying to contact you... She's very worried...*

Coge carrerilla ahora y dice cosas que no entiendo. Se queda en silencio y junto las manos en plegaria.

—*Please, I don't want to talk to my mother...*

Ella, sin decirme nada, destapa el auricular y vuelve a hablar con mi madre. Le dice que estoy muy bien pero que acabo de salir de la casa. Que no se preocupe y aquí ya me vuelvo a perder de nuevo. Cuando cuelga, nos quedamos los dos mirándonos, yo aún con la sartén en la mano.

—*Problems with your family?*

Me dice con un inglés indio como tratando de asegurarse de que esta vez sí que la entiendo.

Pero me encojo de hombros. ¿Cómo le voy a contar que mis padres pasan de lo que me ocurra? ¿Que solo les importa lo que ellos necesitan?

Me mira, muy triste, y me comenta:

—*All families are complicated, look at me. Someday you will understand.*

Y percibo que querría contarme algo más, pero solo sonríe y se vuelve al salón, donde la tele sigue encendida. Escucho, también, los murmullos de Ivy. Pienso en ir con ellas un rato, pero, en el fondo, me da miedo que Katie me haga coger al bebé. ¿Y si se me cae? Imagino que tropiezo, que me abalanzo sobre la mesa... Paro. La gente que tiene bebés hace eso: ofrecértelo. Bueno, mentira, hay dos clases de padres primerizos: los que lo hacen y los que no dejan que te acerques a tres kilómetros a la redonda, lo cual es muy incómodo también.

Subo a mi habitación. Esta vez a un ritmo normal. Dejo la puerta entreabierta, por si las moscas. Quizás Gaëlle, cuando pase por delante, quiera entrar a saludar. No me pongo el pijama, también por si las moscas.

¡Bzzz, bzzz, bzzz!

Suena el teléfono y veo un mensaje de mi padre.

Mi madre llamando, mi padre escribiendo: qué pesados. Lo leo:

«Mr. Ofndido, spero q lo stés psndo bien. Cntsta algún sms. T queremos (solo un poco)».

No sé por qué tanta insistencia. Ya les dije que no sabrían de mí a lo largo de estos días y así va a ser. Me da vergüenza admitirlo pero la verdad es que los echo de me… Pero no, no voy a responderles. Aprovechando que tengo el móvil en la mano, vuelvo a escribir a Cris:

«Ayr viví uno d ls mjres momntos d mi vida. Gnas d cntrte».

Me pongo a jugar al *snake* del móvil. Hacía mucho que no echaba una partida. Antes de que se me empiecen a cerrar los ojos por el sueño, y por el maldito aburrimiento, llego a batir mi propio récord dos veces. Ya ves tú qué ilusión me hace. Se me nubla la vista, ya no tengo fuerzas para seguir despier…

***

Me despierta un ruido. Del susto me doy cuenta de que me he quedado dormido.

—Chisst, chisst.

¿Cuánto rato llevo dormido? Una cabeza se asoma por la puerta. ¡GAËLLE!

—¿Estás despierto? —me pregunta.

Espero no estar soñando. Un momento, ¿y si todo ha sido un sueño y aún no nos hemos besado?

—¿Eh? ¡Sí, sí! —le digo, recomponiéndome.

—¿Seguro?

—¡Claro!

Gaëlle me muestra su libro de *Harry Potter*. ¿Existe algo más entrañable?

—¿Quieres que leamos un rato? —me pregunta.

—¿Ahora? Vale.

Cojo el libro de la mesita de noche. Ella se tumba a mi lado. ¡Gaëlle, cama, Gaëlle, cama, Gaëlle, cama! La observo de reojo. Yace tumbada boca arriba, sosteniendo el libro en alto, delante de sus narices. Lleva el pijama puesto. Es un pijama gris con rayas blancas. O blanco con rayas grises, depende de cómo se mire. Vale, esto es más entrañable que lo de antes. ¿Qué tienen los pijamas que me ponen tanto? Me tumbo boca abajo, no vaya a ser que se note lo dura que la tengo en estos momentos. Respiro hondo. Abro el libro y empiezo a leer. Bueno, a hacer ver que leo, ya que me es imposible concentrarme.

Nuestros cuerpos se tocan y no puede gustarme más. Siento electricidad. Una electricidad que hace que mi corazón lata cada vez con más fuerza. Si sigue así, llegará un momento en que lo hará explotar y moriré, pero será precioso y habrá valido la pena. Por cierto, ¿a qué huele? ¿Melocotón? ¿Mango? ¿Fresa? Es imposible de describir. Solo sé que daría lo que fuera por olerlo para siempre. Ahora que lo pienso, ¿a qué huelo yo? ¿Percibirá ella mi olor de la misma forma que yo lo hago con el suyo?

Me detengo a escuchar su respiración. Es más relajada que la mía. ¿Qué ocurre? ¿No está nerviosa? ¿Ni un poquito? Yo, por mucho que intente calmarme, respiro de manera agitada. Aunque siempre he sido de respirar fuerte. Cris siempre dice que cuando hacemos un examen en clase y nos quedamos todos en silencio, no consigue concentrarse por mi culpa. Comenta que esa es la razón por la que ya no estudia y se dedica a copiar…

Gaëlle entrelaza sus pies con los míos. Joder, es tan excitante. Me estoy volviendo loco. ¿Debería besarla ya?

«¡Bruno, espabila!», me dice la vocecita de mi cabeza.

Dejo el libro en la mesita de noche y me giro hacia ella. Ella me mira.

—¿Qué? —me pregunta, picarona.

Me armo de valor y, poco a poco, como cuando fregaba los platos en la cocina, acerco mis labios a los suyos y nos besamos. Y, de repente, vuelven todas esas sensaciones que tanto echaba de menos. En medio de toda esta vorágine de sensaciones, escucho:

—*Fuuuck you!* —grita Katie desde el piso de abajo.

¿Qué sucede ahora?

—*Get out!*

Inmediatamente, interrumpimos el beso, salimos de la habitación y nos asomamos por las escaleras para ver qué pasa. La imagen es horrible: Katie intenta echar de casa a Dan, que está borracho como una cuba, mientras este se resiste dando golpes a todo lo que encuentra.

—*It's my house too!* —grita él.

—*I don't want you here like this!* —grita ella.

Dan, fuera de control, le da una patada a la mesa de la entrada y hace caer al suelo el espejo, el cerdo carpa mutante de porcelana y la lamparilla, provocando un gran estruendo. Todo se rompe en mil pedazos. El tío coge un puñado de los restos y lo lanza con muchísima fuerza por el pasillo, descargando toda su rabia.

—¿Llamo a la policía? —me pregunta Gaëlle.

—¡Sí!

Gaëlle corre a su habitación. Yo me quedo allí, petrificado, observando la escena.

—*The cops are coming!* —grita Gaëlle.

Katie se gira hacia nosotros, alarmada.

—*Get in your room!* —nos ordena.

Dan nos ve. Intercambiamos miradas por primera vez en todos estos días. Puedo ver mucho odio en sus ojos. Da muchísimo miedo.

—*I don't like you!* —me grita.

Pero ¿cómo? ¡Pero si no he hecho nada! El tío hace ademán de subir las escaleras, pero Katie se lo impide bloqueándole el paso.

—*I'm going to fucking kill you boy!* —sigue gritándome.

—*Get in your room, please!* —insiste Katie.

Le hacemos caso y nos metemos en la habitación. Arrastramos mi cama hasta la puerta, para evitar que Dan pueda abrirla desde fuera. Una vez a salvo, pegamos nuestros oídos a la puerta para escuchar todo lo que sucede.

Qué sensación de mal rollo. Es como si la nube de algodón en la que me encontraba hace unos minutos se hubiera convertido en un nubarrón gris muy denso lleno de rayos y truenos. Ya me olía que Dan estaba zumbado, pero ¿tanto? ¿Ahora por qué me tiene manía? ¿Qué le he hecho yo? Sea lo que sea, jamás podré quitarme de la cabeza sus ojos llenos de rabia mirándome fijamente. Voy a tener pesadillas con ellos, ya lo veo. ¿Y si hubiera conseguido subir las escaleras? ¿Qué me hubiera hecho? No quiero ni imaginármelo.

—¿Estás bien? —me pregunta Gaëlle.

—Tengo miedo.

¿Para qué ocultarle la verdad?

—Yo también.

De repente, los gritos se apagan. La casa se queda en silencio. Parece que Katie ha conseguido echarlo. Gaëlle y yo nos miramos alivia…

¡PUM!

Algo golpea con fuerza la ventana de la habitación.

—¡Dios!

Me asomo rápidamente a la ventana. Dan nos lanza piedras desde la calle como un poseso, mientras Katie intenta detenerlo como puede.

—¿Qué hacemos? —le pregunto a Gaëlle, desesperado.

¡PUM!

Otra piedra impacta contra el cristal de la ventana, esta vez agrietándolo entero. Es como si, de la nada, hubiera aparecido una telaraña gigante dibujada en él.

—¡Mira! Ya llega la policía —dice Gaëlle, señalando unas luces de colores que se acercan desde el final de la calle.

—¡Menos mal!

Katie se pone en medio de la calzada y les hace señas con los brazos.

—*Here! Here!*

Dan, al ver que la policía llega, echa a correr, pero está tan borracho que tropieza con unos arbustos y se cae al suelo. La imagen horrible de antes ahora ha adquirido un tono un poco patético y triste. El coche se detiene enfrente de la casa. Dos policías bajan rápidamente y se abalanzan encima de Dan. Una de ellas saca unas esposas y se las pone.

—*Fucking leave me alone!* —grita Dan.

Sin mediar palabra, lo levantan y lo meten en el coche, como en las pelis. Katie llora desconsolada.

Una de las agentes se acerca a ella para hablar. No escucho muy bien lo que dicen, pero ya respiro de otra forma.

—¿Deberíamos ir a hablar con ellas? —le pregunto a Gaëlle.

—No compliquemos más las cosas.

Tiene razón.

—Deberíamos irnos a dormir —añade.

¿Dormir? Con las ganas que tenía de pasar un rato agradable con ella. Íbamos por buen camino.

—Nos vemos mañana, ¿vale? —me dice, haciendo ademán de poner la cama de nuevo en su sitio.

La ayudo y nos despedimos dándonos un beso en la mejilla, que me sabe a muy poco.

—Buenas noches, Gaëlle.

Y mientras la observo entrar en su habitación, pienso en lo injusto que ha sido el universo hace unos momentos. Solo deseo que nos esté reservando un momento mejor. Más le vale.

9

La casa amanece en silencio, como de costumbre. Pero esta vez es un silencio incómodo, desolador y triste. Los motivos son obvios. Tengo la sensación de no haber descansado nada. Como si hubiera dormido despierto, consciente de lo que pasaba a mi alrededor. Supervivencia, supongo.

Me incorporo lentamente, dejando que la sangre llegue a los sitios más recónditos del interior de mi cuerpo. A veces, me mareo si me levanto muy deprisa. Mis padres dicen que es por falta de hierro. Es por eso que, día sí, día también, me preparan potaje de lentejas para comer. No tengo nada en contra de las legumbres, pero me provocan unos pedos horribles.

Ni los cadáveres más podridos desprenderían unos gases parecidos. Debo de tener alguna intolerancia, vete tú a saber.

Al bajar las escaleras, veo el desastre: la mesita, el espejo y el cerdo carpa mutante rotos y esparcidos por el suelo. Lo único que me parece salvable es el cerdo carpa mutante, así que recojo todos los pedacitos mientras me veo reflejado por todas partes. Puto Dan... Espero que le caigan los siete años de mala suerte. Se los ha ganado a pulso. Una vez tengo todos los pedacitos, voy a la cocina y busco algún tipo de pegamento por los cajones. Encuentro una especie de *Super Glue* en el bote de los mecheros.

—Servirá.

Con mucho cuidado, encajo las piezas entre ellas y compongo el puzle imposible. Los fragmentos grandes son fáciles de pegar, pero los pequeños, aparte de que cuesta encontrar dónde van, se me quedan adheridos a las manos. Menudo drama. Después de una buena dosis de tiempo y paciencia, consigo que el cerdo carpa mutante vuelva a la vida. Un poco más tullido, pero con el mismo rollazo de siempre.

Dejo el cerdo carpa mutante sobre la encimera para que se seque bien y me preparo el desayuno.

Justo cuando estoy echando los cereales en el vaso de zumo, aparece Katie. Si ya de por sí tiene aspecto de agotada, hoy parece una muerta viviente.

—*Bruno, I need to talk to you. What happened yesterday... I'm really sorry.*

—*It's not your fault.*

Pobrecita, encima me pide disculpas. Ella no es la responsable de que su marido sea un desgraciado. ¿Que pasé un miedo de la hostia? Pues claro. Pero ¿qué le voy a decir si lo que tiene ya es suficiente? Puedo sentir su tormento, su angustia... Me da muchísima pena.

—*Here...* —le digo, señalando el cerdo carpa mutante.

Lo coge con máxima delicadeza.

—*You fixed it...* —me dice, pasando la yema de sus dedos por las grietas repletas de pegamento.

—*Yes.*

Sonríe, melancólica, y me mira a los ojos. Creo que nadie había tenido un gesto bonito con ella desde hacía mucho tiempo. No pronunciamos palabra alguna. Dejamos que el silencio hable. Y es que tiene muchas cosas que decir. Estoy contento por haber despertado un poco de luz en su mirada. Por primera vez, siento que tenemos un contacto cercano y especial.

Entonces, en mi inglés macarrónico de siempre, le doy también las gracias por no haberme obligado a hablar con mi madre ayer.

***

El despacho de Michael no está mal. Es pequeño, pero el espacio está muy bien aprovechado. Como la mayoría, tiene una mesa con un par de sillas con ruedecitas, y, además, un sofá con forma de «L» en una de las esquinas, una nevera de color rojo ultramegamoderna y un montón de plantas tan bien cuidadas que, si me dijeran que son de plástico, me lo creería.

Michael yace tumbado en el sofá con una taza de té entre las manos a la que va dando unos irritantes y sonoros sorbitos cada tanto. Yo estoy sentado en una de las sillas con ruedas. No es nada cómoda y una de las ruedecitas está rota y no me permite desplazarme por la estancia tal como me gustaría. Me siento frustrado. No por la ruedecita, que también, sino porque estoy intentando contarle lo que sucedió ayer por la noche y no parece creerme.

—No sé qué decirte, Bruno —comenta con una amabilidad forzada.

Odio cuando alguien añade mi nombre al final de una frase. Hace que suene muy condescendiente.

—Quizás discutieron y tú lo malinterpretaste, no lo sé. Las personas discuten… —añade.

—¡Casi revienta la ventana de mi habitación con una piedra!

—Bruno, las familias que os acogen pasan exámenes de calidad para asegurarnos de que estáis en las mejores condiciones —afirma, zanjando el tema.

—Pues esta familia copió en su examen. De verdad, Michael, no quiero que ese tío vuelva a aparecer por allí y nos atemorice a todos. Si no, me veré obligado a tomar medidas.

—¿Medidas? ¿Por parte de un abogado?

¿Me está vacilando?

—Si lo que quieres es cambiarte de casa, podemos intentarlo —añade.

No quiero hacerle eso a Katie. Además, eso supondría alejarme de…

—¿Y qué pasaría con Gaëlle? ¿Nos cambiaríais juntos?

—Lo veo muy difícil.

—Pues entonces no.

Se le escapa una sonrisita que disimula rápidamente dando otro irritante sorbito sonoro a su té. Creo que me ha pillado.

—Mira, como te veo afectado, intentaré averiguar qué ha sucedido y me ocuparé de que no se repita. ¿Entendido?

No me lo creo, pero mejor que no diga nada más, no vaya a ser que me cambie de casa y la liemos.

—¿Por qué no te vienes con Gaëlle al concierto que doy mañana en el bar del otro día? Así nos calmamos todos un poco y nos echamos unas risas.

Surrealista. No se entera de nada.

—Me lo pensaré.

—Os lo pasaréis bien. Te lo prometo.

Salgo del despacho y cierro la puerta. Michael empezó cayéndome más o menos bien, pero cada vez he ido viendo más cosas que no me gustan de él. Creo que no es de fiar.

Alan me espera fuera, apoyado en la pared.

—¿Qué te ha dicho? —me pregunta.

—Odio este puto colegio.

—¿Y si nos vamos por ahí?

¿Con qué me viene este ahora? Antes de que pueda meditar la proposición, Gaëlle aparece por el pasillo. ¿Qué hace aquí? ¿No debería estar en clase?

—Hey —nos saluda con una sonrisa.

Creo que ella y su sonrisa podrían ser la medicina para paliar mi cabreo en estos momentos.

—¿Quieres venir con nosotros? —le pregunta Alan.

—¿Adónde?

—Aún no lo sabemos.

Gaëlle nos mira como si no tuviéramos remedio. Aunque, bien pensado, no lo tenemos. Así, sin decirnos nada, ponemos rumbo al centro de Dublín, un lugar que desprende la misma energía que los libros de *Harry Potter*. Es mágico. Dejamos atrás el río Liffey y nos adentramos en Temple Bar.

—¿Por qué no habíamos hecho esto antes? —digo.

Andamos tranquilos por esta zona adoquinada que es también la más turística de Dublín. Explicaron en clase que se cree que el barrio se llama así por el nombre de un *pub* muy mítico. En realidad, es al revés y es el bar el que tomó el nombre de esta parte de la ciudad.

Hay mucha vida nocturna, pero también durante

el día está abarrotado de gente. Hoy, sin embargo, no me molesta. El hecho de estar en otro sitio que no sea esa cárcel, entre semana, y a estas horas, me hace muy feliz. Pienso que deberían organizar más actividades para que los alumnos desconecten y disfruten un poco más.

Seguimos caminando hasta llegar al castillo de Dublín, pero a Gaëlle le da pereza entrar, así que continuamos andando hasta la catedral de Saint Patrick y el parque que hay frente a ella: está lleno de árboles, de flores y de fuentes repletas de carpas. El conjunto provoca un efecto multicolor orgásmico para los ojos.

—¿Nos pillamos unas bicis? —pregunta Gaëlle, echando a correr hacia un puesto de alquiler.

Cogemos tres bicis. Una para cada uno. Tenemos media hora para hacer lo que nos plazca con ellas, así que nos cruzamos el parque de arriba abajo haciendo el tonto.

—¡Carrera, carrera, carrera! —grita Alan, más excitado que nunca.

Los tres, *ipso facto*, empezamos a pedalear como niños enloquecidos huyendo de una gamberrada o de Satán. Me fijo en Gaëlle. Es como si todo lo que la envuelve, todo lo que proyecta, sucediera a cámara lenta. Me encanta verla tan alegre. Es una chica totalmente distinta a la que conocí hace unos días. Me fascina y, a la vez, me inquieta esta capacidad que tiene de alternar dos personalidades completamente diferentes.

El cabreo desaparece con cada pedalada y se transforma en una sensación de libertad. Tengo ganas de ir más rápido, tengo ganas de... ¡gritar!

—¡Aaaaahhhhh!

—¡Sabía que nos vendría bien salir a que nos tocara el aire! —exclama Alan.

—¡Ni que lo digas, amigo!

Dejamos las bicis al otro lado del parque y seguimos andando. Nos metemos por un callejón empedrado muy parecido al Callejón Diagon. En cualquiera de sus tiendas podrían venderse sortilegios o varitas mágicas.

—Este es mi sitio favorito de Dublín —nos comenta Alan, parando en seco delante de un teatro donde se representa el musical de Billy Elliot.

—¿Y eso? —le pregunto.

—¿No te he contado que quiero ser actor de musicales?

—No.

—Pues eso. Un día participaré en un musical como este.

Nos quedamos en silencio. Por cómo le brillan los ojos, puedo ver lo importante que es para él alcanzar ese sueño.

—Estoy seguro de que lo vas a conseguir —le digo poniéndole una mano en el hombro. Él asiente, firme.

—¿Qué sueños tenéis? —quiere saber Alan.

Gaëlle se alegra por la pregunta.

—A mí me gustaría ser pintora y exhibir mis obras por todo el mundo.

Guau. Qué pasada.

—También serás artista, entonces —le dice Alan.

—Ojalá.

Me flipa lo claro que lo tienen. Qué envidia.

—¿Y tú, Bruno? —me pregunta Gaëlle.

La verdad es que nunca me he planteado qué quiero hacer con mi vida…

—No lo sé.

—Venga ya. No seas tímido.

No es por timidez. Es porque no tengo ni idea.

—Creo que aún no tengo sueños. Jamás he tenido

las ideas claras. Siento que estoy muy influenciado por los demás y lo que piensan o podrían pensar de mí. Siempre me dejo llevar por la inercia de la vida y no me paro a pensar lo que realmente quiero o me gusta. Quizás estoy diciendo una tontería.

Se quedan callados. Por la cara de Gaëlle, parece no haber entendido una mierda. En cambio, la expresión de Alan es de fascinación total. Después de unos segundos, el tío se pone a aplaudir.

—Para nada estás diciendo una tontería. Es lo más increíble que has dicho desde que nos conocemos —afirma.

Me encanta que lo diga como si nos conociéramos desde hace una eternidad.

—A veces, me da la sensación de no saber decidir sobre las cosas. Siempre acabo escogiendo lo que los demás quieren o sugieren. En fin, que se me hace una bola muy grande —añado.

Alan le susurra algo a Gaëlle en el oído. Ella asiente.

—*Okay*, ¿qué quieres hacer? —me pregunta Gaëlle.

—¿A qué te refieres?

—¡Vamos a hacer lo que tú quieras! —grita Alan.

De repente, siento que un escalofrío recorre mi cuerpo. Se me pone la piel de gallina y los ojos rojos, como si fuera a echarme a llorar.

—Venga, que no es para tanto. Dinos qué quieres hacer.

—Humm... Seguidme —les digo, improvisando.

Y empiezo a andar hacia la dirección que me dicta el corazón. Me dejo llevar por mis impulsos y por todo aquello que me atrae. Alan y Gaëlle me siguen.

—¿Sois conscientes de que no sé qué estoy haciendo, ni hacia dónde estoy yendo?

—Ajá —contesta Alan.

Vamos calle arriba, calle abajo, giramos por varios callejones y entramos en una tiendecita de CD de segunda mano. Me viene a la cabeza que llevo tiempo escuchando un grupo de *hardcore rock* que no me gusta nada con el único propósito de ir a un concierto con Cris en septiembre y saberme todas las canciones.

—Creo que no sé qué música me gusta —les confieso.

—¡Hay que dar una solución a esto también! —exclama Alan.

Y entonces nos ponemos a escuchar CD al azar

en una minicadena de la tienda. Alan y Gaëlle comienzan a bailar. Yo, en cambio, escucho concentrado. Eminem no está mal, pero parece muy enfadado con el mundo todo el rato. Los Backstreet Boys me resultan un coñazo, siempre suenan igual. Me pasa lo mismo con las Spice Girls. U2 molan bastante, pero no. Robbie Williams suena demasiado melancólico… Coldplay igual. Green Day quizás… Pero no. Linkin Park tampoco.

—Uf, no encuentro nada que me flipe —les digo.

—¡Pues hay que seguir! —responde Alan.

30 Seconds to Mars, AC/DC, Red Hot Chili Peppers, System of a Down, Oasis, Limp Bizkit…

—¡Espera, espera! ¿Qué es lo que suena ahora? —les pregunto, como si me fuera la vida en ello.

—¡No me creo que no lo conozcas! ¡Es Eric Clapton, tío! —se sorprende Gaëlle.

—Creo que me gusta.

—¿Y a quién no? *Layla* es una de mis canciones favoritas —continúa Gaëlle.

Layla, you've got me on my knees
Layla, I'm begging, darling please
Layla, darling won't you ease my worried mind.

La canción suena poderosa que te cagas. Me hace vibrar como ninguna canción lo ha hecho antes. Tengo ganas de saltar, de levantar los brazos en alto, de dar vueltas sobre mí mismo…

—¡Es esta! ¡Os juro que es esta! —grito, sin creérmelo.

—¡Vaaamos!

Los tres empezamos a bailar y hacemos como que tocamos una especie de guitarra invisible al ritmo de los acordes de la canción. Yo hago un movimiento y ellos lo imitan: una mano en la rodilla, hombros arriba y abajo, un codo por detrás de la cabeza… Cada vez se lo pongo más difícil. Nos partimos de la risa. El dependiente de la tienda nos mira sin entender nada, aunque me da a mí que le gustaría unirse a nosotros.

—¿Qué más quieres hacer? —me pregunta Gaëlle, en medio del subidón.

«Besarte. Quiero besarte».

—Hazlo —me dice, leyéndome el pensamiento.

Y sin perder tiempo, la beso. Esta vez nadie nos interrumpe y nos dejamos llevar: nos acariciamos el pelo, nos abrazamos, nos miramos a los ojos, nos cogemos de las manos, nos rozamos las narices…

Alan me guiña el ojo y se despide haciéndome

adiós con la mano. Yo me quedo con Gaëlle, sin acabármelo de creer. ¿Está siendo real todo esto? A veces me ocurre: cuando estoy viviendo algo verdaderamente emocionante, sensible, me entra el miedo, aunque sea por unos segundos, de que no sea real. Pero siento su mano en la mía y sí: somos Gaëlle y yo que regresamos a casa cogidos de la mano. Como la pareja joven del otro día. El sol ha empezado a caer y el cielo está precioso, pero no más que ella. Nada es más precioso que ella. Pasamos por delante del campo del golf. Se me ocurre que podríamos entrar. No quiero ir a casa aún. En ese lugar se respira mal rollo.

—¿En qué piensas? —me pregunta ella.

—Lo sabrás en un minuto.

Sin soltarnos de la mano, bordeamos el campo de golf hasta llegar al agujero por donde me colé con Alan.

—Aquí —le digo.

A diferencia de mí hace unos días, ella está encantada de hacer lo que vamos a hacer.

—Tú primero —me dice, pícara.

—*Not a problem*.

Me meto por el agujero, atravieso los arbustos y aparezco en el campo de golf.

—¡Bruno, es espectacular! —exclama Gaëlle, apareciendo por detrás.

—Lo sé. Como si fuera otra dimensión.

Estamos completamente solos, los pájaros cantan y las hojas de los árboles se mueven mecidas por el aire fresco del atardecer, ofreciéndonos la mejor de las bandas sonoras. Nos sentamos en uno de los *greens*, enfrente de una pequeña charca que funciona a modo de obstáculo para la gente que viene a jugar. Nos miramos, ilusionados. La luz naranja del sol le da de lleno en la cara, potenciando el color miel de sus ojos. Me fijo en la minipeca, ese pequeño planeta incrustado en el universo de sus labios... ¡Es tan bonita! La beso, con ternura.

—Me encantan tus besos —me susurra.

—Y a mí los tuyos.

Nos tumbamos en el césped. Ella se pone encima de mí y me quita la camiseta. ¡Me quita la camiseta! Yo, más nervioso que nunca, le quito la suya, dejándola en sujetador... ¿Debería quitárselo? Lo intento, pero no lo consigo.

—Tiene truco.

Se lo acaba quitando ella. Me quedo blanco al verle los pechos. ¡BLANCO! ¡MUDO! Creo que nunca la había tenido tan dura. Siento como si me fuera a explotar. ¿Cuál es el siguiente paso? ¿Es lo que me imagino que es? Eh... Me acaricia el pecho y la cintura. Yo hago lo mismo, como cuando bailábamos en la tienda de CD y ella y Alan me imitaban.

—Guau, tienes la piel más suave del mundo.

—Chissst... —me susurra, tapándome la boca.

Me desabrocha el pantalón y me pone la mano dentro de los calzoncillos. ¡Joder, joder y joder! ¡Qué pasada! Me lo había imaginado muchas veces... Había hecho mil pruebas, pero esto es mucho mejor. Con torpeza, le desabrocho también el pantalón y le pongo la mano dentro de las bragas. No sé dónde estoy tocando, pero espero estar haciéndolo bien.

—¿Es tu primera vez? —me pregunta, divertida.

Vale, no lo estoy haciendo bien.

—Sí.

—De acuerdo.

Saca la mano de mis pantalones. Yo hago lo mismo. Me siento avergonzado.

—Perdón —me disculpo, con un hilo de voz.

—¿Por qué?

—Por hacerlo mal.

—¡No digas tonterías!

Asiento, aunque... ¡Aaahhh! ¿Las primeras veces siempre son así? ¿O debería rayarme la cabeza?

—Mejorarás.

¿Eso quiere decir que habrá más veces? Nos abrochamos los pantalones y nos volvemos a tumbar en el césped. El sol se ha ido y ha dejado un cielo de color naranja fuego espectacular. Si tuviera que definir cómo me siento en este momento, lo haría con este color.

—Me gustas, Bruno —me confiesa.

Algo se relaja dentro de mí al escuchar esas palabras, no lo voy a negar. ¿Cómo alguien puede tener tanto poder sobre lo que siento y lo que dejo de sentir? Va a hacer que me vuelva loco.

¡LOCO DE AMOR!

10

Estoy seguro de que la gente miente sobre sus primeras experiencias sexuales. No me creo que Cris estuviera tan fantástico como dice que estuvo. Siempre alardea sobre estos temas. Que si esa, que si la otra... Nada, en realidad, no me creo nada.

A ver, sin duda alguna fue la experiencia más fuerte que he tenido en mi vida, y el hecho de que fuera con Gaëlle me hace más feliz que nadic, pero anduve muy perdido y me siento raro por ello. No lo puedo evitar. Es por eso que, de momento, prefiero no contarle nada a Alan y esperar a que salga mejor. Mentirle no es una opción, es demasiado listo y sé que me pillaría. Aunque él es la persona perfecta para hablar sin tapujos de una cosa así. Hace que nunca me sienta juzgado y me anima a quererme como soy. Entonces... NO, DE MOMENTO NO.

Andamos por el pasillo hacia las taquillas para coger los libros de clase. Como siempre, está lleno de gente y cuesta avanzar. Cuando conseguimos doblar la esquina, vemos a un chico encapuchado metiendo algo por la rendija de la taquilla de Alan. ¡¿Será su admirador secreto?!

—¡Eh! —grita Alan.

El chico, al vernos, echa a correr. Vamos tras él, pero con tanta gente es casi imposible seguirlo.

—¡No te vayas, por favor! —vuelve a gritar Alan.

Me concentro en plan maestro *ninja* para no perderlo de vista, pero es rápido y consigue desaparecer en cuestión de segundos.

—¡Mierda! —exclamo.

—¿Has conseguido verle la cara?

—Qué va.

—Bueno, no pasa nada. Vayamos a ver qué me ha dejado —dice, abriéndose paso hasta la taquilla.

Al abrirla, un montón de libros, papeles, bolígrafos y bocadillos de hace días a medio comer caen al suelo.

—No sabía que eras tan desordenado... —le digo.

—Ayúdame a buscar el papelito, anda.

Empezamos a buscar. Los demás nos miran sin entender lo que estamos haciendo, y es que, en vez de meter toda la mierda de nuevo en la taquilla, la estamos esparciendo aún más. Parecemos dos frikis intentando llamar la atención.

—¿Qué tipo de experimento quieres hacer con estos bocadillos? —le pregunto a Alan, conteniendo la respiración por lo mucho que apestan.

Nada más preguntar eso me mancho la camiseta de mayonesa con uno de ellos. Me entran unas ganas de vomitar horribles. Como cuando me comí la Pantera Rosa que me dieron los alemanes hace unos días. Rápidamente, cojo uno de los papelitos del suelo y me limpio con él.

—¡Tío, eres un guarro! —le digo, sin saber hacia dónde mirar.

Él no puede evitar reírse, pero en un instante de nada cambia la expresión...

—¡Para, para! —me dice, quitándome el papelito de la mano.

—¿Qué haces?

—¡Mira!

Let's meet today after school at five o'clock
in the middle of the o'connell bridge.

Flipo.

—¡Tengo una cita! —grita Alan, saltando de la alegría.

—¿Vas a ir?

—¡Claro, idiota! ¡Quizás consigo pareja para ir al baile de fin de curso!

¡Ostras, el baile! Se me había olvidado por completo.

—Estás tardando en pedírselo a Gaëlle —me dice, examinando el papelito.

—¿Y cómo se lo pido?

—Organízale un plan guay.

Me encanta que siempre tenga una respuesta para todo, pero ¿qué le organizo?

—Hoy es el concierto de Michael. Quizás podría llevarla, tomarnos unas cervezas y pedírselo distendidamente mientras nos canta unas canciones. Además, puede ser una buena forma de calmar las cosas con él.

—¡Ya lo tienes!

—¿Te quieres venir con tu cita? —le pregunto,

pinchándole con un dedo en las costillas repetidas veces.

—¡Qué imbécil!

***

Estoy intentando coger un camino hacia el bar que no sea el del otro día, porque si no es más que evidente que vamos allí, pero mi sentido de la orientación es horrible y estamos dando una vuelta enorme. Me da a mí que, cuando lleguemos, el concierto ya habrá empezado.

—¿Adónde me llevas? —me pregunta Gaëlle, intrigada.

—Es una sorpresa.

—No me gustan las sorpresas.

Y pensar que casi le vendo los ojos para hacerlo todo más épico. ¡Madre mía!

—¿Tiene que ver con *Harry Potter*? —me pregunta.

—No…

La intuición me dice que gire en la próxima calle a la izquierda.

—¿Me llevas de nuevo al campo de golf?

Joder, ahora que lo menciona, un pícnic allí hubiera estado guay. Quizás hubiéramos terminado lo que empezamos la otra vez.

—*Nope*.

Vale, creo que si ahora sigo recto hasta el final de la calle llegaremos al bar de los cojones.

—Me da a mí que no tienes ni idea de hacia dónde estás yendo —susurra.

¡Pero será…!

—Claro que lo sé. Estamos cerca.

Sé que está jugando a ponerme nervioso y que sus intenciones no son malas, pero, si no para, vamos a tener nuestra primera discusión de pareja, en serio.

—¿Dónde coño me llevas?

—Dame treinta segundos, por favor —digo, haciendo esfuerzos para no perder la paciencia.

Es peor que una niña pequeña viajando en coche en el asiento de atrás y preguntando a sus padres el mítico «¡¿Falta mucho?!» tropecientas veces. ¡Qué horror! ¡Llegamos al fin!

—¿El bar? ¿Esta es la sorpresa?

—Michael da un concierto —respondo, como quien se saca un as de la manga.

Puedo ver como algo se oscurece en su mirada. No le fascina la idea.

—¿No te apetece? —le pregunto, ocultando todo lo que puedo mi preocupación.

—Claro.

Tendría que haber sido más original. O quizás no tendría que haber preparado el plan como una sorpresa, sino como algo normal. Le he puesto las expectativas por las nubes y no las he cumplido. Esto me pasa por ser un romántico peliculero.

—Podemos hacer cualquier otra cosa.

Miro a mi alrededor como buscando una alternativa.

—No, está bien.

Nos metemos dentro. Como de costumbre, el bar está hasta los topes de gente, pero esta vez están todos callados, hipnotizados por la voz de Michael, que ya ha empezado a cantar. Hay que reconocer que el tío lo hace bien. Suena muy diferente al casete que me puso el día que vino a recogerme con la furgoneta.

Almost heaven, West Virginia
Blue Ridge Mountains, Shenandoah River.

Vamos directamente a la barra a por unas cervezas. Nos atiende el mismo camarero de la última vez.

—*Two beers?*

—*Yes* —contesto mientras saco la cartera.

—Yo invito —me dice Gaëlle. Me guarda la cartera en mi bolsillo.

La sensación que me provoca al rozarme la ingle me paraliza.

Country roads, take me home
To the place I belong.

Nos sentamos en una mesa, cerca del escenario. Michael, al vernos, nos saluda con la mano, dejando de tocar la guitarra por unas milésimas de segundo. Creo que le ha hecho ilusión que hayamos venido. Le doy un buen trago a la cerveza. Sigue sin gustarme, pero me da la fuerza necesaria para cogerle la mano a Gaëlle por debajo de la mesa.

—Aquí no, Bruno —me dice, soltándome la mano.

Lo entiendo. Michael podría vernos… Pero ¿oírnos? Joder, ahora no sé si seguir con el plan. ¿Qué haría Alan? Por cierto, ¿cómo le estará yendo? ¡A estas horas ya sabrá quién se esconde detrás de las notas!

West Virginia, mountain mama
Take me home, country roads.

Michael acaba la canción y empieza la siguiente. Me lo tomo como una señal de salida para…

—Gaëlle, ¿te gustaría ir al baile conmigo?

—¿Qué baile?

—El de final de curso —comento, refugiándome detrás de mi cerveza.

—Pero si es una mierda…

Otra vez la Gaëlle *hater* no, por favor…

—Me da igual que sea una mierda. Me hace ilusión ir contigo. Será nuestra última noche.

—Olvídalo, tío —me dice, volviéndose hacia el escenario.

¿Por qué? Esa noche podría ser una de las más megarrománticas, mágicas, divertidas de nuestras vidas. Nos vestiremos elegantemente, beberemos un poco, bailaremos desinhibidos, la liaremos… Mira que no me gustan las fiestas, pero en las películas americanas estos bailes son bestiales. Nos merecemos vivir algo así. Es una vez en la vida y lo recordaremos para siempre.

—¿Por qué? —le pregunto.

—Porque sería raro —me suelta, sin mirarme a la cara.

—¿Por qué raro?

—Porque no somos nada.

—¿No somos nada?

A ver, algo sí que…

—Me dijiste que te gustaba. Tú a mí también me gustas. De hecho, creo que te quiero un poco, Gaëlle.

Se vuelve de nuevo hacia mí, con los ojos muy abiertos, fuera de sus órbitas.

—Bruno, deja de comportarte como un crío. Lo que pasó entre nosotros estuvo bien, pero no significó nada.

Vale, es como si me acabara de arrancar el corazón y me lo hubiera metido por la boca para ahogarme con él. Es como si… Lo que acaba de decir no tiene sentido. No es coherente con la realidad de los hechos.

—No lo entiendo.

—Pues deberías —me dice cortante.

Se levanta. ¿En serio se va? ¿Cómo hemos llegado hasta aquí? ¿Qué ha pasado? ¿Qué es lo que he hecho mal? ¿Ser poco original con la sorpresa? ¿Pedirle ir al baile juntos? ¿Decirle que la quiero? Quizás la he agobiado. A veces puedo ser un poco intenso. ¡Lo siento! ¡De verdad que lo siento!

—Por favor, quédate. Olvidemos esta conversación. Seamos amigos.

—Crece un poco, Bruno.

11

He dormido peor que en toda mi vida. Aún no me creo lo que ocurrió ayer. Intento entender el porqué real del problema, el porqué de que pasáramos de todo a nada en cuestión de segundos. Me da a mí que ella ya estaba rayada desde lo del campo de golf. No estuve a la altura de las circunstancias y quedé como un pardillo. ¿Y quién quiere estar con un pardillo? Nadie. Pero lo que no me cuadra es que me dijo que no pasaba nada y que le gustaba. Quizás le di lástima y quiso animarme... No lo sé. Lo que está claro es que, por alguna razón que a mí se me escapa, no se sentía cómoda en el concierto de Michael. O quizás esperaba más de mí.

También se me ocurre que ella ha vivido lo sucedido entre nosotros como algo pasajero, fruto del momento, y yo como algo… ¿Cómo decirlo? Humm… ¿Más intenso? Quizás me he dejado llevar por mis emociones y no he sabido controlarlas. Pero no quiero creerme esta versión de los hechos. No quiero creerme que ella no estaba sintiendo nada.

En fin, sea lo que sea, es una gran mierda. Creo que nunca me había sentido tan triste. Es como si estuviera anestesiado, como si estuviera muerto por dentro. Si ahora me pasara un coche por encima varias veces y después vinieran buitres a comerse mi cuerpo aplastado me daría absolutamente igual. No tengo ganas de nada… Bueno, sí: de llorar, pero estoy tan jodido que no me salen ni las lágrimas.

Ahora la idea de Michael de cambiarme de casa no me parece tan desafortunada. Me ahorraría la vergüenza de tener que cruzarme con Gaëlle cada dos por tres, a Dan borracho, a la pobre Katie, siempre triste, y a Ivy llorando desconsoladamente. Por cierto, ¿dónde está Dan? No he vuelto a verlo desde que se lo llevó la policía. No me he atrevido a preguntarle a Katie porque me parece un tema muy personal y no quiero ponerla en un apuro. ¿Estará en la cárcel? No, no creo… ¿O sí? Sinceramente, me la sopla. Volviendo a mi asunto, solo me queda una semana aquí y, en estos momentos, cambiarme de casa sería una movida enorme. Quizás lo que podría hacer es comprarme un montón de comida y no salir de la habitación hasta el último día, aunque me parece una idea un poco infantil… ¿Y si hago como si no hubiera pasado nada? Uf… Creo que lo mejor será que le pregunte a Alan. Él me dará la solución. Así que lo llamo, pero me salta el buzón: «El teléfono marcado no se encuentra disponible en este momento…».

Eso quiere decir que la cita de ayer le fue bien, se alargó hasta tarde y aún debe estar durmiendo. Me alegro por él. ¿Y Cris? Quizás él podría ayudarme, aunque últimamente está pasando completamente de mí. No me ha devuelto ni un solo mensaje desde que llegué a Dublín. Y le he enviado cuatro. Lo llamo: «El teléfono marcado no se encuentra dispo…».

¡Me cago en sus muertos! ¿Dónde coño se ha metido? ¡Yo siempre estoy con él cuando me necesita! Aunque, bien pensado, a veces tengo la sensación de que no es algo recíproco. O bueno, igual es que ahora mismo lo veo todo negro. Pero últimamente, mi relación con Cris me hace sentir mal.

¿Y si llamo a mis padres?

No, ni de coña. Dejo el móvil dentro del cajón de la mesita de noche, al lado de la marihuana que me regalaron los alemanes. Al verla, me viene un impulso autodestructivo de fumármela toda. No lo he hecho nunca, pero creo que un buen colocón podría ayudarme a relativizar toda esta puta mierda.

Busco por la habitación. Lo primero que encuentro es el billete de autobús. ¿Servirá? Sin meditarlo más de la cuenta, procedo a liarme un megaporro. Bueno, a intentarlo, ya que me sale un churro con forma de caquita de perro caniche muy raro.

Me lo meto en el bolsillo trasero del pantalón y salgo al rellano. La puerta de la habitación de Gaëlle está abierta, pero ni rastro de ella. Me da a mí que no ha pasado la noche en casa. ¿Dónde...? Bloqueo cualquier tipo de pensamiento negativo que pueda venirme a la cabeza bajando rápidamente a la cocina.

Por la puerta de cristal, veo a Katie plantando unas margaritas en el jardín mientras Ivy juega por el césped. No quiero imaginarme lo mal que lo debe de estar pasando. Aunque, sinceramente, la veo mejor que los otros días. No tiene los ojos llorosos como de costumbre.

Sin que Katie se dé cuenta, cojo un mechero de los muchos que hay por la encimera y salgo corriendo hacia la calle. No quiero provocar un incendio en la habitación. Una vez, Cris y yo la liamos con unos petardos y aprendimos la lección. Vinieron hasta los bomberos. El muy cabrón me echó las culpas a mí, para variar, y me cayó una bronca monumental.

Me siento en el portal e, intentando adoptar una postura de tipo duro, le prendo fuego al porro y le doy una calada.

—¡Puaaaj!

¡Menuda mierda! Literalmente, me acabo de abrasar la garganta y los pulmones. ¿Cómo la gente puede fumarse esto? ¡Aire! ¡Necesito aire!

—*Are you okay?*

Busco a mi alrededor y veo a Bianca cruzando la calle hacia mí.

—*Yes, I'm perfect!* —le digo, tapándome la boca para contener la tos.

—*Are you smoking?*

—Eh… *I try…*

La chica se sienta a mi lado y me da unos golpecitos secos en la espalda.

—*Better?*

—*I don't know.*

Entonces, de un bolsito que lleva, saca papel de fumar y boquillas, salva del suelo lo que queda de la marihuana y, en un abrir y cerrar de ojos, lía un porro increíblemente perfecto, digno de una profesional rastafari. Me coge el mechero, lo enciende y le da una larga calada, sin toser lo más mínimo.

—*This weed is good...* —me dice, pasándomelo.

Vale, calma, seguro que el truco está en darle una calada sin tragar el humo. Una, dos y...

—¡Puaaaj!

¡Otra vez no! ¡Qué horror! ¡¿Qué es lo que hago mal?!

—*First time?*

Estas palabras me suenan. ¡Todo el mundo tiene una primera vez! ¡Un poquito de compasión, por favor!

—*YES!*

—*Okay. Let me try something.*

Coge el porro de vuelta y le da otra calada.

—*Look at me...* —me dice, sosteniendo el aire.

Me giro hacia ella y, suavemente, como quien le sopla sobre una herida a alguien, me echa el humo en la cara. Respiro un poco, esta vez sin toser. Justo cuando voy a sacar el aire, ella me tapa la boca y la nariz con una mano.

—*Hold it for five seconds.*

Five, four, three, two, one... Paradójicamente, puedo sentir como los bronquios se me expanden como enredaderas en los pulmones, permitiéndome respirar mejor.

—*Do it again, please* —le digo, cerrando los ojos.

Repetimos el proceso varias veces. Poco a poco, voy ganando en confianza y voy inspirando más profundamente. Me voy relajando hasta llegar a un punto en el que siento como si mi cerebro quisiera tragarme hacia el interior de mi propio cuerpo. Es una paranoia *heavy*. Creo que si no abro los ojos me quedaré dormido para siempre.

Abro los ojos. No todo es de color rosa como dicen algunos, ni veo elefantes o dragones, pero sí que me siento mucho mejor que hace unos ¿segundos? ¿Minutos? Nunca me habían pesado tan poco la cabeza, los brazos y las piernas. ¡Es muy fuerte! De hecho, es como si la fuerza gravitacional de la Tierra hubiera disminuido al sesenta o setenta por ciento y pudiera flotar, como los astronautas en la Luna.

Me tumbo en el suelo para revolcarme como una

croqueta. ¿Por qué? No lo sé. En muchas ocasiones me apetece hacer cosas y me contengo para que los demás no piensen que soy aún más bicho raro, pero estas hierbas parecen haber anula…

—*We must eat something* —dice Bianca, al ver lo que estoy haciendo.

—*I don't have food.*

—*Let's go to a McDonald's.*

¿McDonald's? ¿En serio hay uno por aquí? ¿Dónde? ¿Por qué nadie me lo ha dicho antes? Es uno de mis sitios favoritos del mundo mundial. De haberlo sabido, hubiera llevado a Gaëlle allí y la hubiera invitado a unas buenas hamburguesas, patatas fritas, salsas de todo tipo, *nuggets*, helados, refrescos… Si cierro los ojos, puedo imaginármela perfectamente comiendo todo eso con esa sonrisa que tiene y que regala tan poco. Me da igual correr el riesgo de no poder despertar nunca más, lo prefiero con tal de volver a revivir la sensación de compartir el tiempo con ella.

Nos vamos hacia el McDonald's y, después de comprar la comida, buscamos un lugar para devorarla. Tengo un hambre brutal. La idea de sentarnos para comer en el capó de un coche que no es nuestro me fascina. La idea de que pueda venir el propietario y pegarnos la paliza de nuestra vida me atrae igualmente. De hecho, estaría bien. Por cierto, jamás una hamburguesa me había sabido tan bien. ¿Fumar potencia el sabor de los alimentos? ¿O es que aquí los McDonald's preparan las hamburguesas de manera distinta? Sea lo que sea, he cometido un error pidiendo solo tres.

Bianca disfruta de la comida igual que yo o más. Aunque ella se ha pedido un cubo de alitas de pollo de medida familiar. A diferencia de una que yo me sé, habla por los codos. Que si en Italia esto, que si en Italia lo otro... Hace rato que he dejado de escucharla. No es que me caiga mal ni nada de eso, pero es que el acento italiano no suena como el francés.

Por su aspecto físico, pensaba que sería más estirada, pero me equivocaba. Es inteligente, echada para adelante, llena de vitalidad, sociable y curiosa. ¿Por qué tendré estos prejuicios a veces? La gente es como es, tengan el cuerpo que tengan, ¿no?

—*Bruno, you are a really good listener* —me dice, chupándose los dedos.

¿Qué pensaría Gaëlle si me viera aquí con ella? ¿Le sentaría mal? ¿Se enfadaría? ¿O le daría absolutamente igual? ¿Y si pasara al revés? Humm... Me pondría aún más triste. Pero ¿ella? ¿Se habrá despertado como yo? ¿Habrá querido autodestruirse por amor con un porro de marihuana? ¿Habrá sido incapaz de dejar de pensar en mí?

Dicen que el tiempo lo cura todo, pero hoy no estoy yo con mucha paciencia. Quiero sentirme bien ahora. Quiero hacer como en las películas, que aceleran el tiempo o directamente cortan hasta el momento en el que el personaje ya está recuperado. ¿Cómo hago eso? ¿Borrón y cuenta nueva yéndome con otra persona? ¿Podría ser efectivo? ¿O es muy loco, egoísta, insensato, vacío...?

Bianca es la chica del colegio a la que todos querrían. Y aquí estoy, con ella, engullendo comida basura mientras me cuenta no sé qué historia de su vida. Me sorprende bastante que quiera pasar su tiempo conmigo, ya que podría estar con cualquier otro. Quizás esté harta de que todo el mundo le vaya detrás y sabe que estoy tan por debajo de sus posibilidades que jamás se me ocurriría hacer tal cosa. ¿Es eso? ¿Me ve como un perdedor?

—*Bianca, can I kiss you?*

—*What?*

La beso y no me rechaza, sino todo lo contrario, me sigue el rollo. La cosa dura como un minuto o así. Hace unos movimientos con la lengua en plan tirabuzón brutales, son algo totalmente nuevo para mí. En uno de ellos, me pasa lo que intuyo que es un trocito de pollo, nada agradable, así que juego a devolvérselo.

—*What was that?* —me pregunta, escupiendo.

—*It was yours.*

No podemos evitar reírnos, cómplices. Con las manos pringosas de comida, nos acercamos el uno al otro y volvemos al lío. Me excito muchísimo y por la fuerza con la que me agarra intuyo que ella también. Pero, por mucho que quiera, no siento lo mismo que sentía con Gaëlle. Es como si a mi piel le resultara indiferente tocar la suya.

De repente, alguien tira de nuestras camisetas, haciéndonos caer al suelo. El batacazo que me doy es tal que se me revuelven hasta las hamburguesas. Abro los ojos y veo a dos señoras cabreadas metiéndose dentro del coche y refunfuñando cosas en inglés. Arrancan el motor y se marchan. Una de ellas saca el brazo por la ventana y nos enseña el dedo anular. Espero y deseo que se lo enganche con la ramita de un árbol y lo pierda. Bianca y yo nos miramos de nuevo. Seguimos riendo durante un rato, pero es como si la magia hubiera desaparecido. Volvemos a la realidad y solo somos dos personas que se lo han pasado bien. Y ya está. En fin, no me parece mal que la cosa haya terminado así.

12

¡Si es que sabía que algún día me quedaría dormido!

—*Stop! Please, stop!* —grito, mientras corro detrás del autobús.

Corro, corro y corro un poco más. Tengo que subirme como sea, ni de broma iré andando hasta el colegio. Podría aprovechar la excusa para no ir a clase, pero me muero por ver a Alan, preguntarle por su cita y, de paso, contarle todo lo que me ha sucedido desde el viernes por la noche. Necesito su apoyo y su buena energía. Estoy seguro de que me ayudará a ver las cosas de manera distinta.

Aprovechando que el autobús se detiene en un semáforo en rojo, aprieto un poco y consigo alcanzarlo.

Doy unos golpecitos en el cristal de la puerta, pidiendo al conductor que me abra. Este me reconoce y se apiada de mí.

—*Thank you...* —le digo, sacando el billete medio roto.

—*It's not valid. You need to buy another one.*

Sí, hombre, ahora encima esto... Lo lleva claro. Simulo no haberlo escuchado y avanzo hacia el interior.

—*Hey, boy! I said you must buy another ticket!*

—*I can't, sorry* —me disculpo, como si no fuera conmigo la cosa.

Los demás pasajeros me miran de reojo, pero no mueven ni un dedo. Solo se limitan a sentir la vergüenza de ver a un chico que no ha hecho nada malo a punto de ser echado del autobús.

—*Out!* —me grita el conductor.

Aquí lo tenemos. Hay que ser mala persona. ¡Toc, toc! ¿Dónde está la empatía? Solo quiero ir al puto colegio, joder.

—*OUT! NOW!*

Hijo de sus padres... Si tuviera una pistola, le metería un balazo en la cabeza y me pondría yo a conducir el autobús. Me bajo, y apenas piso el asfalto, el tío ya arranca para irse. Esto provoca que me caiga desastrosamente y me rasque la rodilla.

—*FUCK YOU!* —le grito, limpiándome la sangre.

¿La gente tiene tanta mala suerte como yo? ¿O será que no lo dicen y van aparentando ser felices para evitar que los demás los rehúyan? Todos sabemos que vivimos en un mundo en el que la negatividad no está bien vista. ¿Debería entonces enterrar todo lo malo que me pasa con una sonrisa? Uf, no sé yo... Creo que si lo hiciera, me acabaría saliendo una úlcera. En fin... A caminar se ha dicho.

Espero que Gaëlle no haya pasado de mí por ser una persona negativa. En ninguno de los momentos que hemos estado juntos me he mostrado enfadado o protestón. Bianca, en cambio, sí que me ha pillado en situaciones un poco más críticas.

—Mierda, Bianca...

Lo de ayer estuvo bien, pero creo que no debería haberlo hecho. Pensaba que me ayudaría a pasar página, pero me equivocaba. Ahora tengo miedo de que ella crea que hemos generado un vínculo «especial» entre nosotros y es lo último que necesito.

Solo pienso en Gaëlle.

Me siento un auténtico pringado, pero es así y

ahora entiendo que hay ciertas cosas que no pueden forzarse.

De repente, empieza a llover con fuerza. Lo que faltaba para redondear el dramatismo de la realidad. Inspiro, espiro, inspiro, espiro... Parezco mis padres practicando yoga en el salón de casa. Intento pegarme todo lo que puedo a las paredes de los edificios para no mojarme, pero no sirve de nada. Observo la sangre que brota de la herida mezclándose con el agua de la lluvia... No puede ser más poético. Al doblar una esquina, un coche pasa muy rápido, levanta un montón de agua y, cual cascada del Niágara, me empapa entero. Viva la poesía.

Llego dos horas tarde, justo en la pausa del desayuno. Puedo sentir las miradas y los cuchicheos de los demás al verme. También alguna risita. No me extraña, voy hecho una porquería.

«Hasta los cojones me tenéis, cabrones».

Localizo a Alan metiendo libros en su taquilla. Qué alegría con solo verlo, en serio.

—Amigo, no sabes cuánto te echaba de menos.

Al girarse, me quedo petrificado. Tiene un ojo amoratado, la ceja partida y el labio hinchado. Está hecho un cuadro.

—Pero ¿cómo…?

No sé qué decir, no me salen las palabras.

¿Qué tipo de ser…? No lo entiendo. Hay que tener la sangre muy fría. Agarro a mi amigo por el brazo y lo meto en el lavabo, buscando, entre tanto jaleo, un poco de tranquilidad para que pueda explicármelo todo.

—¿Qué ha pasado? ¿Quién te ha hecho esto?

Pero Alan no contesta. Parece que no tiene ni fuerza. ¿Quién podría haberle hecho semejan…? Pero, entonces, todo cobra sentido. De repente un conjunto de imágenes muy claras rebobinadas hacia atrás se proyecta en mi cabeza: el misterioso chico encapuchado metiendo el papelito por la rendija de la taquilla de Alan, los italianos disculpándose de forma muy extraña en la cantina, los italianos persiguiéndonos durante la noche del 7-Eleven…

—¿Han sido los italianos?

Alan sigue sin poder articular palabra.

—¿Sí o no? —insisto.

Asiente, al fin. Dios mío, ¿cómo es que no nos dimos cuenta?

—¿Qué ocurrió?

—Que fui un tonto y caí en su trampa como un

pardillo. Eso fue lo que ocurrió… —me dice, respirando con dificultad.

—Hijos de puta.

—¿Quién iba a querer tener una cita conmigo? Si soy un puto negro maricón.

Esas palabras de su boca me parten el alma.

—Alan, no digas eso.

—¿Por qué?

—Porque no es verdad, joder.

—Claro que lo es. Me lo han dejado muy claro.

Poco a poco, siento como mi cuerpo se va calentando. Me imagino a Alan llegando al O'Connell Bridge, guapo e ilusionado. Quiere pasar una tarde bonita con Yuang, conocerlo. Lo espera durante un buen rato, pero este no llega. Y, entonces, aparece esa panda de desgraciados, riéndose de él, denigrándolo con sus comentarios y, finalmente, golpeándolo hasta dejarlo en el suelo.

—No te permito que pienses así de ti mismo.

Se encoge de hombros. ¡Aaahhh! ¿Cómo puede…? No me gusta nada verlo así. El calor de mi cuerpo se convierte en una incontrolable furia infernal, malvada y destructiva. Quiero… Quiero matarlos a todos.

—Ahora vuelvo.

Empiezo a andar hacia la cantina. A cada paso que doy escucho risitas, amenazas y pelotas de pimpón rebotando sin parar.

—¿Adónde vas? —me pregunta Alan, siguiéndome.

No le contesto. Estoy totalmente poseído por el fantasma de Carrie White de Stephen King. Jamás había tenido tantas ganas de gritar, de pegar, de matar... Ha llegado el momento de sacar toda la mierda que llevo acumulando a lo largo de mi vida. Ya no aguanto más.

Entro en la cantina que, como de costumbre a esta hora, está abarrotada de estudiantes. Cojo una silla cualquiera con las dos manos y me dirijo con decisión a la mesa de pimpón, donde están los italianos jugando y haciendo de las suyas. Levanto la silla en alto y, como si de un bate se tratara, golpeo la mesa con todas mis fuerzas varias veces, hasta que consigo partirla en dos.

—*What the fuck man!?* —exclama uno de ellos.

—*Are you crazy!?* —exclama otro.

Agarro con fuerza lo que me queda de silla y, como si de la varita de saúco se tratara, los señalo, amenazante. Retroceden, poco a poco, sin atreverse a decir nada más. Qué gusto ver por fin una expresión sincera en sus rostros. Son unos niños de papá y mamá asustados y frágiles que no tienen ni puta idea de qué va la vida. Los observo con los ojos bien abiertos, dándoles a entender que ahora el que manda soy yo. Y que si vuelven a pasarse un pelo, cogeré otra silla y me ensañaré con sus cabezas hasta que derramen la última gota de sangre, aunque eso suponga terminar entre rejas.

Miro a mi alrededor. La cantina entera está en silencio, flipando por lo sucedido. Estoy por gritarles que a partir de ahora son seres libres y que ya no deben de tener miedo de esa pandilla de imbéciles idiotas. Entre todos los allí presentes, una chica preciosa con el pelo naranja capta mi atención. No sé qué tipo de luz emite que consigue tranquilizarme un poco. Respiro profundamente, como el acto trascendental peliculero del final de una escena y, haciéndole una seña con la cabeza a Alan para que me siga, me dispongo a salir.

Nos vamos andando en dirección hacia el río y nos sentamos en el primer banco que encontramos libre. Está mojado, pero no más que yo, así que no me paro a secarlo, ni nada de eso. Además, ¿qué es un poco de agua frente a lo que tuvo que pasar Alan el viernes por la noche?

—Gracias —me dice.

Estoy tan encendido aún que no puedo articular palabra alguna. Siento como si estuviera ardiendo en un fuego infernal invisible capaz de arrasar con todos los demonios. Esa gente… Esa gente son el mal del mundo. Para mí, sus vidas ya no valen nada. Es más, si alguien me hiciera escoger entre su existencia o su extinción con solo apretar un botón, elegiría la segunda opción sin pensarlo siquiera un nanosegundo.

—Debería de haberles reventado la cabeza. No sé por qué he dejado pasar la ocasión.

—Has hecho suficiente.

—Con este tipo de energúmenos, nunca es suficiente.

Nos quedamos en silencio durante un rato, dejando que la corriente del río apague el fuego, se lleve las malas energías y nos refresque los pensamientos.

—Vamos por el mundo fingiendo ser personas que realmente no somos, fingiendo sentir cosas que no sentimos, por el simple hecho de que queremos gustar a los demás —dice Alan, con la mirada perdida.

—¿Por qué lo dices?

—Siempre estoy adoptando el papel de chico gracioso, que lo tiene todo bajo control y que nada le afecta. Y no soy para nada así.

Se le humedecen los ojos. Es la primera vez que lo veo vulnerable, inseguro y quizás un poco perdido. Me resulta familiar.

—He conseguido que la gente no me tome en serio y se olvide de que tengo sentimientos —añade.

Entiendo lo que dice, pero…

—¿Quién consigue ser uno mismo en un mundo como este? —le digo.

Alan aparta los ojos del río y me mira fijamente.

—¿Tú, la mayor parte del tiempo?

—¿Yo? Pero si soy un lío de persona que no tiene ni idea de nada.

—Muestras tus miedos, tus conflictos, tus dudas… Te da igual gustar o no a los demás —responde.

Eso no es cierto, aunque me resulta curioso que lo vea así.

—Aunque no te lo parezca, siempre voy detrás de la gente por miedo a quedarme solo.

—¿Qué dices?

—Me aterra la soledad.

Hace una mueca burlona, sin terminar de creérselo.

—En serio, vivo más dentro de mi cabeza que fuera. Tú mismo lo has visto varias veces —le explico.

—¿Sabes? Yo solo quería una pareja para el baile —me dice, levantándose, cogiendo una lata vacía del suelo y lanzándola al río.

Puto baile de los huevos. Qué dolores de cabeza nos está dando. Estoy empezando a pensar que la idea que nos han metido las películas americanas sobre todo ese tema es un poco tóxica.

—Tío, vayamos juntos —digo, de pronto.

—¿Adónde?

—Al puto baile.

—¿Y Gaëlle?

Niego con la cabeza. Ahora al que se le humedecen los ojos es a mí. Torrente de agua a la de una, a la de dos y a la de... Pero me contengo.

—Perdona, ¿qué ha pasado?

—¿Quieres ir al baile conmigo, sí o no? —insisto, secándome los ojos con la manga del jersey.

Alan medita la respuesta. Se pasa la mano con fuerza por la cara, como si fuera a quitarse una máscara de látex para revelar su auténtica identidad.

—¿No te da miedo que…? —empieza a decir.

—¡Por Dios! No irás a preguntar tal tontería.

—Vale, vale... Tienes razón. Vamos juntos, pero con una condición…

—¿Cuál?

—Que te mantengas alejado de cualquier silla.

Y se echa a reír, volviendo a ser el chico alegre de siempre. Bueno, quizás un poco más real que las otras veces.

13

Desde que tuvimos la conversación en el río, Alan está más tranquilo y callado. Es como si quisiera respetar lo que siente en cada momento. Que está alegre, pues bien; que está tristón, pues lo mismo. Su manera de fluir es mucho más consciente y reflexiva que antes. Está trabajando para convertirse en una persona más honesta, más íntegra, más feliz. Lo admiro por ello.

Me sorprendió que él me viera de esa forma. Supongo que a veces la inercia de la vida también me lleva a sobreponerme a lo que realmente siento. Desde fuera, todos parecemos otra persona mucho más fuerte, más decidida. Es al acercarnos cuando empiezan a verse los matices, las debilidades. En definitiva, es importante recordar que todos libramos nuestras batallas, aunque sean invisibles a ojos de los demás. Hasta los mismísimos italianos. Estoy seguro de que se comportan como lo hacen por lo presionados que se sienten entre ellos. «Si no pegamos a ese chico, somos unos flojos», y así sucesivamente. Menudo círculo vicioso y tóxico tienen montado.

¡DING DONG!

—*Bruno, it's for you!* —grita Katie desde abajo.

¿Quién será a estas horas? Bajo las escaleras y... Bianca. Uf, espero que no esté aquí para pedirme explicaciones sobre por qué he pasado de ella estos días.

—*Can we talk?* —me pregunta, sin alzar la mirada del suelo.

Salimos a la entrada y nos sentamos justo en el mismo sitio donde nos fumamos el porro hace unos días. Aún se pueden ver algunas marcas negras que dejó la marihuana en el suelo.

—*It's been a while...* —me dice, limpiando una de las marcas con el pie.

—*I'm sorry...* —la interrumpo.

—*Don't be. My brother understands why you did that.*

¿Qué su hermano qué? ¿Quién es su hermano?

—*What? What?*

Pero antes de que pueda contestar, caigo en que su hermano es uno de los…

—*FUCK!* —exclamo, poniéndome las manos en la cabeza.

—*Don't worry. My brother has taken care of everything. You can go back to school when you want.*

Ahora entiendo por qué no me han expulsado.

—*He is really sorry. He knows that what they did to your friend was horrible and he…*

Esto confirma mi teoría: individualmente no son como se muestran en grupo. Pobres desgraciados. Qué mierda de amistad la suya. Deben sentirse tan solos… Pero me da igual que le sepa mal. Lo que hicieron es algo imperdonable. Que se hubiesen arrepentido antes de hacerlo.

—*I can't forgive him, but thanks* —le digo, encogiéndome de hombros.

Y es que nunca nunca nunca voy a perdonarlos.

Un taxi se para enfrente de la casa. De él se baja…

¿Dan?

¿Qué coño hace aquí? ¿Dónde se había metido? Está supercambiado. Se ha cortado el pelo, se ha afeitado y se ha puesto un traje. Ah, y sujeta un ramo de flores casi más grande que él mismo.

—*Hey, kid*… —me saluda, con cara de cordero degollado.

¿Hoy qué es? ¿El día del perdón y del arrepentimiento? Espero que Katie lo mande a tomar por culo, en serio.

El tío pasa entre nosotros, con cuidado de no pisarnos, y entra en casa. Nada más cerrar la puerta a sus espaldas escuchamos cómo se echa a llorar. ¿Se puede ser más patético? Puto asco de tío. Bianca, obviando lo que acaba de suceder, apoya la cabeza de manera cariñosa en mí. Puedo percibir la vergüenza que siente por tener el hermano que tiene.

—*It's not your fault* —le digo.

—*I know.*

Apoyo mi cabeza en la suya, intentando devolverle el cariño.

—*Do you want to go to the ball with me?*

Oh… Eh… Qué halago, pero…

—*That would amazing, but I'm going with Alan* —le respondo.

—*Maybe we can dance a song?*

Nos agarramos de los meñiques para cerrar el trato.

—*You are the coolest kid in the school, Bruno.*

—*And you the coolest girl*—miento. Pero a veces es necesario incurrir en estas pequeñas mentirijillas.

No nos soltamos de los meñiques. Pese a todo, después de esta conversación, hay algo que tenemos ganas de hacer una última vez, pero nos reprimimos. Sabemos que no es buena idea. Mejor dejar las cosas como están y no marear más la perdiz.

—*See you tomorrow* —me dice alborotándome el pelo y levantándose para irse.

Hemos hecho bien. O eso quiero pensar.

Cuando Bianca se marcha, con pocas ganas de entrar en casa y de encontrarme con una escenita y un Dan arrepentido, decido dar una vuelta por el vecindario. Trato de ordenar mis pensamientos, pero están siendo demasiadas cosas en poco tiempo: Alan, Gaëlle, Bianca, los italianos... Por un lado, estoy enfadado, rabioso, sin entender la crueldad de gente como los italianos. Y, por el otro, triste porque no basta con querer hacer las cosas bien, siempre hay algo que se escapa de mis planes. Sigo sin comprender por qué Gaëlle se comportó como lo hizo. Y lo que tampoco me entra en la cabeza es por qué, teniendo a Bianca delante, sigo prefiriendo a una *hater* como ella...

¡Bzzz, bzzz, bzzz!

Miro el móvil y veo un mensaje de Cris.

«E stado n la plya stas semnas y s m psó cntestr. Hblmos prnto».

¿Y ya está? ¿Esa es su excusa por no haberme contestado una sola llamada o mensaje en casi tres semanas? Es como si le importara una mierda. Vamos, que le importo una mierda. ¿Qué clase de amigo hace eso? ¡Yo siempre he estado allí! A las buenas y a las malas. Después de lo vivido estos días puedo decir que… ¡Joder, joder y joder! ¿Cómo he podido arrastrarme tanto? Qué estúpido me siento. No quiero tener a alguien así a mi lado, alguien que me absorba toda la energía y que, no contento con ello, ni siquiera se preocupe un poco por mí. Ahora soy consciente de que las cosas no funcionan de ese modo. La amistad es una cosa de dos. Siento el irrefrenable deseo de decirle todo esto a Cris.

Lo llamo. Un tono, dos tonos, tres tonos… Vamos cabrón, da la cara… Cuatro tonos…

—Bruno, ¿qué pasa, tío? ¿Has recibido el mensaje?

—Sí. ¿Tú, los míos?

—Eh… sí, pero ya sabes que ando con muy poca cobertura.

Silencio.

—¿Qué tal por allí?

—Lo sabrías si leyeras mis mensajes.

—Bueno, pero no te piques, tío, ya sabes que…

—¿Que no me pique? Cris, estoy harto.

—¿Harto? ¿De qué?

—Lo sabes perfectamente. Harto de que pases de mí, de que no me tengas en cuenta, de que te creas siempre el centro de todo. De arrastrarme por alguien que no me valora igual que yo a él. ¿Quieres que continúe? Se acabó —le digo, partiendo una rama seca de un seto y lanzándola al aire.

—¿Se acabó?

—Sí —contesto, observando la rama podrida caer—. No puedo perder el tiempo con alguien que no lo tiene para mí. Adiós.

Antes de que pueda decir nada, le cuelgo. Si quiere que seamos amigos, tendrá que currárselo mucho, pero que mucho más. Por ahora… ¡Diooos! Qué puta liberación. No entiendo cómo no lo he mandado a tomar viento antes. ¡Adiós a sus tonterías, a sus ideas locas, a su chulería, a su falsa perfección, a sus mentiras, a sus manipulaciones y a sus normas! Se acabó ser el segundo plato de nadie.

¡Bzzz, bzzz, bzzz!
¡Bzzz, bzzz, bzzz!
¡Bzzz, bzzz, bzzz!

14

Alan ha traído un montón de ropa suya para que me la pruebe. Gorras planas, camisetas hawaianas y pantalones tejanos estudiadamente rotos. Todo me va un poco grande, pero es tan ultramegaguay que me da absolutamente igual. De hecho, queda mejor así.

—Tío, estás guapísimo.

—¿Seguro? ¿No lo dices por decir?

Alan me mira de arriba abajo.

—Quizás… —susurra, acariciándose la barbilla con el gesto de quien piensa mucho muchísimo.

—¿Qué?

Se acerca a mí y me quita la gorra de la cabeza.

—Espera…

Se pone a rebuscar en su mochila. Saca un tubo de gomina Captain Hook Extra Strong, se echa un chorro en la mano y me la pasa por el pelo, pringándomelo por completo. Siento como si trescientos pájaros se hubieran cagado encima de mi cabeza a la vez.

—Ahora sí que sí.

—¿La gomina era necesaria?

—Por supuesto. Esta gomina folla sola.

No puedo evitar reírme. Solo un comentario así puede sonar entrañable y divertido saliendo de su bocaza.

—¿Te animas a decirle algo a Gaëlle?

—¿Estás loco? Me va a mandar a la mierda. Además, ella misma se ha encargado de que no le vea el pelo estos días. O no está en casa o se encierra en su habitación.

—Pero quizás ya se le ha pasado ¿no? Y quizás se esconde por orgullo o vergüenza… —me dice, saliendo al pasillo.

—¿Qué haces?

—Venga, que no sea porque no lo hayamos intentado.

—¡No! ¡Para! En serio, no tiene gracia —le recrimino, arrastrándolo de nuevo hacia mi habitación.

—Vale, vale, lo siento. Tienes razón. ¡Pero te recuerdo que el baile no es en esta casa!

***

Mientras Alan pedalea con fuerza, pienso en cómo serían las cosas si no me hubiera besado con Gaëlle tan pronto. Quizás ahora seríamos buenos amigos y estaríamos yendo al baile juntos, quién sabe. Aunque, ¿me hubiera bastado? Joder, qué difícil. No sé si soy tan fuerte como para… ¿Hay alguien que lo sea?

—¿En qué piensas que estás tan callado? —me pregunta Alan, casi sin aliento.

—En lo bien que lo vamos a pasar esta noche.

En fin, los hechos son los que son. Aunque se podrían haber gestionado de otra forma. Hablar tranquilamente, transcurridos unos días, hubiera sido lo más maduro y sano para los dos, pero… En fin, ¿para qué darle más vueltas si ya no voy a solucionar nada?

De repente, llegan ecos de música hawaiana y, conforme nos vamos acercando más, escuchamos el alboroto. ¿Ya hemos llegado?

—¡Que empiece la fiesta! —grita Alan.

A toda prisa, nos bajamos de la bici, la aparcamos en una farola, entramos en el colegio y corremos por los pasillos oscuros y vacíos hacia la cantina.

Cuanto más nos aproximamos a la música y al jaleo, más excitados estamos. Por una vez: ¡qué ganas de darlo todo! Abrimos la puerta de par en par y allí está todo el mundo, profesores incluidos, guapos y veraniegos, bañados por muchos colores que proceden de la bola de luces que preside la sala.

—¿Qué habrán hecho con todas las mesas y las sillas?

—Las han escondido. ¡Sabían que venías! —bromea Alan, sin poder evitar moverse por el ritmo de la música.

Echo un vistazo al rincón donde estaba la mesa de pimpón. Ahora hay una pantalla gigante con proyecciones de cascadas, playas y palmeras de lo más psicotrópicas.

—¿Una copita?

—¡Por favor!

Nos abrimos paso entre la gente hasta la barra, donde dos profesores sirven ponche de frutas.

—Distráelos —me dice Alan, metiéndose la mano en el bolsillo de la camisa.

—¿Qué? ¿Por qué?

—Tú hazme caso.

—¿Vas a hacer lo que me imagino?

—¡Chissst! Alguien tiene que animar la fiesta —dice, desenroscando el tapón de una petaca.

Miro a los dos profesores, que van repartiendo vasos mientras hablan entre ellos. Se me ocurre que quizás podría… Sin pensarlo, cojo uno de los vasos y me lo tiro por encima.

—¡Aaahhh! ¡Qué frío está el puto ponche!

Los profesores me miran en plan «¿Qué cojones acabas de hacer?». Yo me limito a morirme de la vergüenza, porque quería que pareciera un accidente y creo que no lo he conseguido.

—*I… I don't…*

¿Cómo justifico este acto sin sentido? Quizás podría hacerme el borracho… ¿O empeoraría las cosas?

—Eh…

Me estoy ganando a pulso la fama de loco.

—Ya está —me dice Alan.

Y como si nada hubiera pasado, cogemos dos vasos de ponche y nos alejamos de allí.

—Tío, ¿no podrías haberles dado conversación y ya está?

—Yo qué sé, tío. Creo que hay algo que no funciona demasiado bien dentro de mi cabeza.

—¡Pues háztelo mirar! —Se ríe—. ¡Por nosotros, amigo!

Brindamos, bebemos y nos ponemos a bailar, dejándonos llevar por el ritmo de la música. Suenan Gigi D'Agostino, Sonique, Jennifer Lopez y *Let's Get Loud*, Bon Jovi e *It's My Life*… A medida que van pasando las canciones, la gente se va desinhibiendo más y más. Mola mucho verlos tan liberados, dejando aparte la rigidez de las clases, los horarios, la disciplina. Ya no hay una división entre franceses, italianos o chinos. Todos bailan con todos. Muchos aprovechan ahora para conocer a esas personas que aún no se habían atrevido a conocer… Hay que ver, cómo somos: siempre esperamos al último momento, cuando todo está perdido porque ya es tarde.

De repente, alguien me abraza por detrás, pero, al notar mi camiseta mojada, deja inmediatamente de hacerlo. Me doy la vuelta.

—¡Bianca!

—*Bruno, you are so wet!* —exclama, algo borrachilla.

—*Yes, I am!*

—*Well, if you don't care, I don't care!*

Y me vuelve a abrazar, pegándose al máximo a mi cuerpo. Nos quedamos tal cual estamos una canción entera, poniendo punto final a la historia que ha surgido entre nosotros. Siendo realistas, es poco probable que nos volvamos a ver. Bueno, quizás dentro de unos años nos encontramos en algún lugar remoto del mundo viajando en plan mochilero y recordamos este momento con nostalgia mientras nos tomamos unas cervezas. Quizás allí retomemos lo que ha surgido entre nosotros. ¿Quién sabe? No estaría nada mal.

—*I'll miss you* —me dice, secándose la cara con la camiseta.

—*I'll miss you too.*

—*Don't let anyone tell you what to do with your life. Discover it. You are awesome.*

¿A qué viene esto ahora? ¿Tan perdido me ha visto? La canción llega a su fin y, aprovechando el cambio de luces, nos soltamos. Nos miramos una última vez y... ella se marcha.

—Tío, necesito secarme un poco —le digo a Alan para disipar este momento de intensidad.

—*Go!*

Salimos por donde hemos entrado, en dirección a

los lavabos. Nada más subir las escaleras, nos cruzamos con el grupo de italianos. Intercambiamos unas miradas llenas de incomodidad, tensión, vergüenza y un montón de cosas más, pero no nos decimos nada. No nos hace falta. Sabemos lo que hay y lo que habrá siempre entre nosotros. Así pues, seguimos nuestro camino, dejándolos atrás.

—Qué lástima me dan.

—Ni que lo digas.

Enfilamos el pasillo de los lavabos. Somos como Harry Potter y Ron Weasley colándose en el corredor prohibido del tercer piso de Hogwarts, donde Fluffy, el perro de tres cabezas, custodia la trampilla que lleva a la piedra filosofal. Aunque, ahora que lo pienso, sin Hermione, estamos bien jodidos.

—¡Tú, tú! ¡Mira esos! —exclama Alan, señalando el interior del despacho de Michael.

Distingo dos sombras revolcándose en el sofá apasionadamente.

—¿Quiénes son?

—Ni idea, pero…

A través de las nubes, la luz de la luna ilumina el interior del despacho y nos descubre la identidad de los dos tortolitos.

—Oh, no...

¿Michael y Gaëlle? ¿En serio? ¿Por qué? Me pilla tan desprevenido que no sé qué hacer... ¡No tiene ningún sentido! ¿O tal vez sí? Un momento, ¿es este el motivo por el que ella se comportaba de forma tan extraña a veces? En nuestra primera cita, en el concierto... ¡Claro, en el concierto de Michael! Y yo, por sorpresa, va y la llevo allí...

—Vámonos.

Estoy totalmente en *shock*.

No puedo apartar la mirada de la escena. De repente, un temblor que viene del suelo me hace perder el equilibrio.

—¿Qué ha sido eso? —le pregunto a Alan, poniendo los brazos en cruz.

—¿El qué?

—¿No lo has notado?

—Bruno, tío, hay que correr.

—*Who the fuck is there?* —pregunta Gaëlle, acercándose a la puerta, mientras el patético de Michael intenta subirse los pantalones a toda prisa.

Vale, sí. Aquí ya no pintamos nada, hay que correr. Tengo la misma sensación de angustia y miedo que tuve con los italianos la noche del 7-Eleven. Gaëlle es rápida y consigue acercarse lo suficiente como para reconocernos.

—¿Bruno, Alan?

No nos detenemos, sino que, por el contrario, aceleramos el ritmo. Alan se desvía hacia un pasillo por la derecha. Yo me desvío hacia la izquierda. Lógicamente, Gaëlle decide seguirme a mí.

—¡Bruno, para, por favor!

Y una mierda. Doblo una esquina, me meto dentro de una clase y me escondo debajo de la mesa del profesor. Al cabo de unos pocos segundos, Gaëlle entra en el aula, con la respiración agitada. Veo sus pies por debajo de la mesa: unas Stan Smith gastadas que combinan increíblemente bien con el vestido que lleva.

—Bruno, sé que estás aquí. Sal, por favor.

Me niego.

—No pienso irme hasta que salgas y hablemos.

«Pues te vas a pasar toda la noche».

—Deja de comportarte como un crío…

¿Cómo? ¿En serio se atreve a decirme eso después de todo? Salgo.

—Aquí la única que se ha comportado como una cría eres tú, Gaëlle.

Me planto delante de ella y la miro a los ojos, que ahora me parecen dos agujeros negros sin fondo. Un abismo.

—¿Qué quieres decirme? Soy todo oídos.

Pero se queda callada. Me da la sensación de que no se esperaba que le plantara cara.

—¿Sabes qué? Tendré una visión muy idílica del amor, quizás por todas las putas películas románticas que me he tragado en la vida, pero para mí eres única. No hay nadie igual que tú... Y con eso no me refiero a que eres perfecta, ni nada por el estilo. Me parece una idea muy tóxica, porque ¿qué es ser perfecto? Qué presión. Pero tú has conseguido hacerme sentir cosas que jamás hubiera imaginado que sentiría. Y cada uno de los momentos que hemos vivido juntos, mejores o peores, por pocos que hayan sido, me han marcado de por vida. Me gusta todo de ti. Hasta cuando te cabreas. Es adorable. Entiendo que tú no sientas lo mismo por mí, entiendo que quieras estar con otras personas y que yo haya sido solo algo pasajero. ¿Quién soy yo para decirte cómo debes vivir tu vida? Pero entiende que todo esto me sobrepase y ahora mismo me sienta agotado y quiera irme.

Continúa sin decir nada.

—¿Me dejas pasar, por favor? Quiero irme a casa para seguir con mi vida.

Gaëlle se aparta del marco de la puerta. Sus ojos sombríos ahora brillan. Siento que querría decirme algo más, que se está a punto de resquebrajar esa capa de dureza que la envuelve. Pero no. Falsa alarma.

—Gracias.

Me voy, pero esta vez sin estridencias, tranquilamente. No huyo. Simplemente la dejo atrás y ya está. ¿Se puede sentir todo esto que estoy sintiendo? No sabía que tristeza y alivio fueran compatibles. Salgo a la calle, donde me espera Alan sentado en la bici.

—Súbete. Te llevo a casa.

Y el trayecto de vuelta es silencioso, triste. Dejo la mirada perdida en ninguna parte como si quisiera no pensar. Pero no lo logro.

Nos detenemos enfrente de casa.

—¿Seguro que no te apetece hablarlo? —me pregunta Alan al bajarme de la bici.

Estoy agotado. Este tema me ha succionado el alma como si me hubiera topado con un dementor.

—Me duele no ser especial.

Las palabras me salen como si se arrastraran. Como si les costara salir.

—Lo eres.

—Digo para ella.

¿Lo soy? Entonces ¿por qué todo esto? No lo entiendo. Alan, sin bajar de la bici, alarga los brazos y me da un abrazo largo y sentido, transmitiéndome su buena energía. Si la magia existiese, mi patronus adoptaría su forma, estoy mil por cien seguro.

—Habla con ella mañana.

—¿De qué? Si está todo dicho.

—Cierra el tema.

Intento soltarme, pero no me deja.

—No pienso aceptar que te abraces con una italiana que apenas conoces durante un buen rato y a mí me…

—¡Vale, vale!

Me abandono en sus brazos un rato más. En realidad, lo único que quiero es meterme en la cama. Desaparecer un ratito.

—Dentro de unos años nos reiremos de todo esto, Bruno Ucelay.

—Eso espero.

Me suelta, al fin. Y, sin añadir nada más, empieza a pedalear calle abajo.

Cuando entro en casa solo puedo pensar: puto

Michael, tan de buen rollo que iba... Sabía perfectamente lo que yo sentía por Gaëlle y aun así... De todas maneras, quizás es por eso que siempre notaba algo extraño en su presencia. Como si no nos acabáramos de fiar el uno del otro. Pero claro, él tenía una información de la que yo carecía. Qué cabrón... ¿Y si ya estaban liados cuando ella y yo...? Nada más entrar en la habitación, escucho a alguien subir las escaleras a toda prisa. Me quedo inmóvil, sin hacer ruido, rezando para que no sea Gaëlle.

Llaman a la puerta. Toc, toc, toc.

Rápidamente, me meto debajo de las sábanas, me doy la vuelta hacia la pared y cierro los ojos.

—¿Bruno?

ME HAGO EL DORMIDO. Cierro los ojos con fuerza, como si temiera que me entrara un líquido venenoso.

—¿Puedo pasar?

Le da igual no recibir respuesta porque se mete en la habitación y se sienta en la cama, a mis pies. Hay algo en su presencia que me violenta. El magnetismo de siempre se está desvaneciendo. Mis sentimientos hacia ella están cambiando lentamente, deslizándose, convirtiéndose en otra cosa.

Quizás es la rabia que siento al sentirme engañado, los celos. No lo sé.

—Lo que tengo con Michael es… es complicado.

Vale, entiendo que sea complicado. Pero ¿por qué tuvo que meterme en medio si sabía que terminaría convirtiéndome en un simple daño colateral? Es muy insensible y egoísta por su parte.

—Te pido disculpas. No he manejado bien la situación.

Ya es tarde.

—Gracias por tus palabras de antes. Es lo más bonito que me han dicho nunca.

De repente, otro temblor vuelve a sacudirlo todo. Esta vez con más rabia y fuerza.

—¿Qué ha sido eso? ¿Estás bien? —le pregunto, intentando sacar la cabeza entre las sábanas.

Pero Gaëlle ya no está. Se ha desvanecido.

15

Me despierta un rayo de sol que se cuela entre las cortinas. Por favor, que todo haya sido un sueño. Que lo de Gaëlle y Michael no haya sido más que una pesadilla.

¡Piiii, piiii, piiii!

¿Quién es el descerebrado que toca el claxon a estas horas?

¡Piiiiiii!

¿En serio? ¿Es necesario?

¡Piiiiiii!

—¡Hijo de puta!

Me asomo por la ventana. Un taxi con la puerta del maletero abierta espera justo enfrente de la casa, mientras una chica con el pelo naranja carga una maleta en él. ¡Nooo! Salgo disparado de la habitación, bajo las escaleras de un salto y... Me doy un tortazo increíble y se me abre de nuevo la herida del otro día. La típica mierda que pasa en el final de las pelis para joder al protagonista y retrasar lo inevitable. ¿Por qué? ¡¿Por qué?! ¡¿POR QUÉ?! Me levanto dolorido y salgo a la calle, pero el taxi, como no, ya se ha ido.

—¡Gaëlle!

Echo a correr detrás del taxi como si no hubiera un mañana, pero va muy deprisa y me es imposible alcanzarlo.

—Gaëlle, *please!*

De repente, otro temblor de esos raros. Bueno, en realidad ha pasado de ser un temblor a una supermegasacudida que me hace caer al suelo. ¡¿Qué cojones es esto?! Miro a mi alrededor, buscando ayuda, pero la calle está desierta. Parece que a la gente de Dublín no le gusta madrugar los sábados.

—*Help!*

Las sacudidas no cesan. ¡BAM! ¡BAM! ¡BAM! Una nube de polvo marrón se acerca desde el fondo de la calle. Mis ojos no creen lo que ven. ¿Qué es lo que puso Alan ayer en el ponche? Si no, no me lo explico.

Me tumbo en el suelo e intento arrastrarme hacia un lugar seguro que no sea el centro de la calle. Y entonces... Entonces me doy cuenta de que estoy en un sueño. Tiene que serlo a la fuerza. Un, dos, tres, ¡despierta! Un, dos, tres, ¡despierta! Voy a despertar y nada de todo esto habrá sucedido. Alan y yo nos pondremos guapos, él me convencerá para hablar con Gaëlle e iremos los tres juntos al baile, donde disfrutaremos de la mejor noche de nuestras vidas. Gaëlle y yo volveremos andando a casa y por el camino hablaremos de todo lo que ha sucedido estos días. Pasaremos la noche en vela, viendo la tele en el salón y subiremos al tejado para contemplar el amanecer. Ya encontraremos la forma de subir. Después de todo esto, iremos al McDonald's a desayunar y sellaremos nuestra relación con una bonita amistad.

—¡Despierta, joder!

Empiezan a volar calle arriba y calle abajo, como si de las plantas rodantes del Viejo Oeste se trataran, las hojas de los árboles, la ramita del otro día, los cubos de basura... Poco a poco, el viento va cogiendo fuerza y todo empieza a volar por los aires. Intento levantarme para buscar refugio, pero tengo el pie atascado en ¿una pequeña grieta que se ha abierto en el suelo? ¿Qué está ocurriendo? Por mucho que tire, no consigo sacarlo. La nube de polvo me alcanza y yo me hago una bola para protegerme de cualquier proyectil posible.

¡BIM, BAM, BUM!

¿Qué es ese ruido? Levanto la mirada y... un cuatro por cuatro en llamas viene directamente hacia mí dando vueltas de campana. Venga ya...

—¡JODEEER!

Tiro del pie con todas mis fuerzas. Estoy dispuesto a arrancármelo si hace falta. Tiro, tiro, tiro... ¡Aahhh! Los huesos empiezan a desencajarse. El dolor es tal que... ¡No puedo! Está escrito. El universo tiene esto preparado para mí. «Bruno Ucelay: aplastado por un coche en llamas». A ver, épico es, pero ¿hacía falta? Yo creo que no. Además, mis padres... Llevo demasiado tiempo pasando olímpicamente de ellos. Les debo una despedida...

¡ZUUUUM!

¡La grieta se abre en el último milisegundo y me precipito a través de ella, esquivando el coche, que pasa por encima de mí! Como un acto reflejo, me agarro a una piedra que sobresale de una de las paredes. Pero, un momento, lo que parecían buenas noticias, en realidad no lo son. He caído demasiados metros y no hay forma de que pueda subir.

—*HELP! HELP!*

¿Qué hago? ¿Cómo subo? Quizás podría extender las piernas hasta la otra pared, hacer presión e ir escalando poco a poco. De pequeño lo hacía con el marco de las puertas y conseguía llegar al techo. Nada más extender las piernas, la grieta se ensancha un poco más.

—¡NOOO!

Ahora sí.

Es el fin. Ya no hay nada más que hacer.

—Me rindo… —me digo a mí mismo soltándome de la piedra y dejándome caer en la oscuridad del agujero.

Pero alguien me rescata. Una voz conocida.

—¡Bruno! ¡Bruno! —grita Alan.

Abro los ojos y me incorporo, asustado. No estoy en la cama, sino en medio de la calle, a unas pocas casas de la de Katie. Sorprendentemente, está todo intacto. Ni rastro de la catástrofe. Busco algún indicio de ella, pero nada.

—¿Estás bien? ¿Qué haces aquí? ¿No habrán sido los italianos?

Sacudo la cabeza de un lado al otro, intentando esclarecer qué ha sido real y qué…

—Oh, no...

—¿Qué pasa?

—Se ha ido. Se ha ido para siempre.

Nada más pronunciar esas palabras, un torrente de lágrimas empieza a deslizarse por mis mejillas. Alan intenta levantarme, pero yo no quiero hacerlo. Quiero quedarme en el suelo, eternamente.

—El amor es asqueroso. Ahora entiendo por qué ella no creía en él —digo, haciéndome un ovillo.

—Tiene sus cosas buenas y sus cosas malas…

—¡Me duele tanto!

Alan saca un pañuelo y me lo da para que me suene los mocos. Pero no tengo fuerzas ni para eso. De hecho, espero que me caigan por la cara, por el cuello, por el cuerpo y acaben creando un capullo como el de los gusanos de seda donde me pueda quedar reposando por mucho tiempo.

Ya saldré cuando me sienta recuperado. Cuando me haya convertido en algo diferente, como las mariposas.

—¿Sabes? Tenía ganas de conocer a este Bruno.

—¿Qué quieres decir?

—Es el Bruno que me faltaba por ver. Ahora ya lo he visto de todos los colores.

Noto como una sonrisa, que procede de un yo exterior a mi cuerpo, intenta dibujarse en mi rostro.

—¿Cómo conseguiré superar esto?

—Con el tiempo, supongo.

Menudo tópico más cutre, aunque espero y deseo que tenga razón, porque el dolor es insoportable. Es muy difícil de describir. Siento como si me acabaran de acuchillar el alma.

—Te falta una zapatilla —me dice Alan, observando mi dedo gordo del pie, que sale por un agujero del calcetín.

—Se habrá quedado en la grieta.

—¿Cómo? ¿Qué grieta?

Si yo le contara.

***

Al final, Alan me convence para volver a casa. Está claro que no me puedo quedar tumbado en el suelo para toda la eternidad. Mientras Alan habla con Katie como si fueran amigos de toda la vida, yo recojo mis cosas y las meto en la maleta: la ropa, el cargador del móvil, el libro de *Harry Potter*, la marihuana… No, la marihuana mejor la dejo aquí.

Me da paz escuchar sus voces de fondo. Están tan contentos. Puto Alan, ¿cómo lo hace para sacar lo mejor de las situaciones, de la gente? Aprovechando que tienen conversación para rato, me paseo por la casa. Me detengo en todos aquellos rincones que me evocan recuerdos: la habitación y el cristal agrietado de la ventana, el salón y el sofá de cuero, la cocina y los cereales… Quiero que queden bien grabados en mi memoria. Por muy raro que parezca, voy a echar de menos estar aquí. Es tan cierto esto de que no valoramos lo que vivimos o lo que tenemos hasta que lo perdemos.

Salgo al jardín trasero por primera vez en tres semanas. Es curioso. A pesar de que es caótico y de que está totalmente asalvajado, lleno de malas hierbas invencibles, que sobrevivirían incluso a cualquier tipo de ataque nuclear, es el lugar de la casa donde se respira más calma. ¿Cómo he sido tan tonto? Debería haberlo aprovechado más. El frescor que se respira me recuerda a esas primeras conversaciones con Alan en el campo de golf lanzando pelotas sin ninguna dirección o a ese atardecer en el que el cielo era de color fuego y Gaëlle y yo… En fin. Es fuerte pensar que todo esto forma parte del pasado, que fue muy bonito, pero que ya no existe. Creo que no me queda otra que abrazar esas imágenes, esas sensaciones… Y seguir viviendo.

—Bruno, comentábamos que podríamos comer los tres juntos. ¿Te apetece? —me dice Alan, sacando la cabeza por la puerta de la cocina.

—¿Que si me apetece? Me parece un planazo. Aunque, ¿tú no deberías pasar por casa a despedirte?

—¡Tengo tiempo! Además, yo el verano que viene vuelvo.

Pues si él vuelve, quizás yo también.

—¿Os apetece una tortilla de patatas? —pregunto.

—No hay huevos.

—Pues los compramos.

—No, no. ¡Digo que no tienes huevos a hacerla!

Nos metemos en la cocina y nos ponemos a rebuscar ingredientes por los armarios. Es lo último que haremos juntos en mucho tiempo, así que me centro en disfrutar de cada segundo.

—Mierda, ¿no hay aceite?

—Aquí no tienen de eso —contesta Alan, moviendo una tarrina de mantequilla en sus manos.

Humm... ¡Servirá!

Katie abre la nevera y saca las cervezas que aún quedan de Dan. Nos las servimos en unos vasos y brindamos:

—*To us!*

Disfrutamos hablando de generalidades, de todo y de nada. Ivy no llora. Creo que Alan le ha dado de beber cuando no mirábamos. Está muy graciosa. No para de hacer ruidos raros con la boca. Parece que tiene ganas de empezar a hablar.

—*First* tortilla de patatas? —le pregunto a Katie.

—*Yes. I'm excited.*

Sí que lo parece. Ojalá hubiéramos tenido más ratos así. Supongo que hemos coincidido en un momento de cambio en nuestras vidas en el que todo... ¿Para qué darle más vueltas?

—Coge unas rebanadas de pan y un tomate maduro —le digo a Alan.

—¿Vas a preparar *pa'm tumaka*?

—¿Cómo dices?

—Se dice así, ¿no?

—Eh... Sí.

—¡Lo preparo yo, no te preocupes!

Una vez está cocinada la tortilla, nos sentamos a la

mesa. Katie observa sorprendida a Alan untando los tomates encima del pan. No entiende la marranada que está haciendo. Alan corta un trozo de tortilla, lo pone encima de una rebanada y se lo da para que lo pruebe. Al principio, ella duda, pero se lo mete en la boca y…

—*It's amazing!*

—¡Vamooos! —celebramos, chocándonos los cinco.

Si el año que viene regreso, haré tortillas de patatas todos los días. Lo acabo de decidir.

Justo cuando Alan se marcha un momento al baño, Katie me pregunta por mis padres.

—*You are lucky, Bruno. You have a beautiful family.*

—*Yes, but it's difficult…*

Entonces le pregunto por Dan y coge carrerilla. Entiendo, por primera vez, el sentido de lo que está diciendo, entonces soy consciente de que por fin mi inglés, ahora que me marcho, empieza a mejorar. Katie me comenta que si deja de beber definitivamente le dará una oportunidad. Que lo quiere. Pero que primero debe asegurarse de que él está bien.

—*You have to take care of you and…*

Vuelve Alan.

—¿Qué hacéis tan serios?

Sonreímos, cómplices, pero nos quedamos en silencio.

***

Creo que no me dejo nada.

—¡Vamos, Bruno! El taxi ya está aquí.

Abrazo a Katie y a Ivy. Las echaré de menos.

—*I hope we see you next year* —me dice ella—. *We'll miss you.*

Sería un planazo, la verdad. Además, Ivy estará enorme. Lo más seguro es que ande y todo.

—*Thank you for everything. It's been an awesome experience* —le digo, volviéndola a abrazar.

—*You are more than welcome, Bruno.*

Cargo la maleta y me subo al taxi con Alan.

—Qué mujer más simpática —dice Alan.

Asiento. El taxi arranca y dejamos atrás a Katie. Me giro para verla un último momento, hago una foto mental para el recuerdo y la pierdo de vista. Voy a guardar la foto en algún lugar bajo llave de por vida.

—Mira, aquí es donde…

—Donde la grieta.

Alan me lanza una mirada cómplice, cargada de preguntas que no va a verbalizar, porque conoce la respuesta: estoy como una regadera.

—No me puedo creer que ya estemos de vuelta —murmuro.

Pienso en mis padres y en lo mucho que he pasado de ellos estos días. Por un lado, me siento culpable. No fue maduro por mi parte no contestarles ni un solo mensaje o no llamar a mi madre después de que ella hablara con Katie. ¿Les he hecho lo mismo que Cris a mí? No exactamente, pero sigue sin estar bien. Por otro lado, me ha ido bien desapegarme de ellos, coger distancia, aire... Me estaba asfixiando. Aunque solo es ahora que ha pasado tiempo cuando puedo ver con claridad que me he comportado con ellos como un capullo.

—Cada año es mejor. —Oigo decir a Alan.

Teníamos una relación muy... ¿Cómo decirlo? ¿Viciada? No los soportaba. Cualquier comentario que me hacían me irritaba como... Era como la peor de las heridas infectadas, esa que no puedes evitar rascarte y arrancarte la costra continuamente y que acaba convirtiéndose en un eccema extraño y lleno de pus que no hay manera de que cicatrice. Es que, joder, había momentos en que no me dejaban pensar o sentir por mí mismo. ¿O yo no quería hacerlo? Sea lo que sea, estoy seguro de que ahora todo será distinto. Al menos por mi parte. Lo intentaré.

«Nos vemos en unas horas. Os quiero».

***

El aeropuerto no está tan lleno como cuando llegué. Qué poco sabía entonces todo lo que me aguardaban estos días. Perdido, siguiendo a Michael hacia la furgoneta. Cómo han cambiado las cosas. Noto, sin miedo a exagerar, que soy una persona diferente.

Nos dirigimos Alan y yo hacia las puertas de embarque. Cuanto más avanzamos, más cerca estamos de que se dividan nuestros caminos. Siento una especie de nostalgia prematura superrara. Es como si ya lo echara de menos.

—¿Cuál es tu puerta? —dice, mirando su billete.

—¿Un café?

—Me gustaría, pero embarco en cuatro minutos. Vaya…

—¿Qué te pasa? —me pregunta extrañado ante mi cara de circunstancias.

—Me preocupa que sea un adiós para siempre.

—Qué melodramático eres. Solo es un hasta luego.

Asiento.

—Vente a Córdoba unos días.

—Molaría.

—Te lo digo en serio. Queda mucho verano por delante.

Nos abrazamos. En este caso, no es un abrazo muy largo, pero sí lleno de muchas cosas: es como si en dos segundos nos traspasáramos la energía de todo lo que hemos vivido juntos estos días, de todo lo que hemos sentido, de todo lo que hemos aprendido. Y, bien pensado, todo esto y más es lo que nos unirá para siempre, nos volvamos a ver o no.

—Eres una de las mejores personas que he conocido nunca. Gracias por tanto, Alan.

—Lo mismo digo. Gracias a ti. Ah, y llámame Al.

—¿Al?

—Siempre me han llamado así.

—¿Y me lo dices ahora?

Avanzamos hasta el cruce que dividirá nuestros caminos. Cogemos con fuerza nuestras respectivas maletas, damos media vuelta y nos separamos.

—¡Puedes venir a verme a Barcelona cuando quieras también!

—Dalo por hecho.

No pienso llorar. No pienso llorar. No pienso llorar. No pienso llorar. No pienso llorar. No pienso llorar. No pienso llorar. No pienso llorar. No pienso llorar. No pienso llorar. No pienso llorar. No pienso llorar. No pienso llorar. No pienso llorar...

—¡TE QUIERO, BRUNO UCELAY! —grita Al, ya desde muy lejos.

***

Y pensar que no quería venir.

Lo que me hubiera perdido. Ya me vale. Percibo que todo lo que me ha pasado, sea bueno o malo, me ha ayudado a ser la persona que soy ahora. Y estoy muy orgulloso de esta persona, sinceramente. Si pretendemos pasarnos este juego que es la vida sin tropezarnos, sin equivocarnos, es que no estamos jugando bien. Hay que perder el miedo a equivocarse. Y hay que hacerlo pronto. ¿Que me hubiera gustado que lo de Gaëlle funcionara? Sí, claro. Pero quizás es que no tenía que ser así. ¿Por qué? Pues porque quizás tenía que aprender a caer. Sea lo que sea, si pudiera volver atrás en el tiempo, creo que…

Pero mis pensamientos se ven interrumpidos por la dura realidad mientras subo al avión. No me lo puedo creer… El viejo gordo cabrón que tuve sentado a la ida. ¡Nooo! ¡Otra vez a mi lado, no! ¡Eso ya lo viví! ¡No me jodas!

—Señor. —Me apretujo hacia la ventanilla.

Nada. A su puta bola.

—Señor…

—¿QUÉ QUIERES, PESADO?

A saber a cuántas personas habrá atemorizado estas semanas como para no acordarse de mí…

—Eh… Nada.

¿Nada? ¿En serio que nada? Se me escapa la risa.

—¿Sabe qué? ¡La vida es un sinsentido que merece la pena vivir! ¡No puede pasársela amargado!

El señor se queda a cuadros, al igual que todo el avión. Todos me miran como si fuera un pirado. De hecho, están esperando a que diga la palabra clave para sumergirse en el caos. ¿La digo?

—*Everything okay?* —me pregunta una azafata.

—*He's and old friend and we've met here by coincidence* —le contesto.

—*Oh, lovely.*

Con los brazos bien abiertos, recupero mi espacio personal, y saco el libro de *Harry Potter*. Lo ojeo, buscando el punto por donde lo había dejado.

Hermione había preparado una poción multijugos y Harry y Ron… Al pasar la página me encuentro con un papel en blanco. Es distinto a los demás: es más grueso, más rugoso… No pertenece al libro. Lo saco, examinándolo con cuidado. Está perfectamente doblado varias veces.

¿De dónde sale?

Yo no recuerdo haberlo dejado aquí. Noto que se me acelera el pulso.

Lo desdoblo lentamente, procurando no romperlo y veo un dibujo, un retrato de alguien que me resulta familiar.

¿Soy yo? Soy yo.

Estoy sentado en el autobús con los cascos del *discman* puestos y mirando por la ventana. Los rasgos, los colores, las formas suaves, sutiles, son capaces de captar por completo mi esencia. El amor y la delicadeza con los que está hecho traspasan el alma de quien lo observa.

Me traspasan el alma.

¿Era eso lo que Gaëlle dibujaba? ¿En serio? ¿Qué quiere decir todo esto?

Sí, definitivamente, la vida es un sinsentido que merece la pena vivir.

FIN

AGRADECIMIENTOS

A mi familia, por ser lo que más quiero en el mundo.

A Helena Pons, Olga Portella y Laura Ferrero, por creer en mí y ayudarme a hacer de este libro una realidad.

A todo el equipo de Duomo Ediciones, por todo el trabajo.

A Alba, por la increíble ilustración de portada.

A Dani Amor, por sus consejos sabios.

Y a ti, lector, gracias por llegar hasta aquí.

Esta primera edición de *Los mejores peores días de Bruno Ucelay* de Alex Maruny se terminó de imprimir en *Grafica Veneta S.p.A. di Trebaseleghe* (PD) de Italia en abril de 2020.

Duomo ediciones es una empresa comprometida con el medio ambiente. El papel utilizado para la impresión de este libro procede de bosques gestionados sosteniblemente.

PEFC™
PEFC/18-31-226

Este libro está impreso con el sol. La energía que ha hecho posible su impresión procede exclusivamente de paneles solares. Grafica Veneta es la primera imprenta en el mundo que no utiliza carbón.

GV
GRAFICA VENETA